洪流點滴

張斌 著

後世子孫樂無窮

黍為萬靈慎融匯

疑難暢爽時相逢

人生閃耀如煙雲

自　序

⋯⋯⋯⋯⋯⋯⋯⋯⋯⋯⋯⋯⋯⋯⋯⋯⋯⋯⋯⋯⋯⋯⋯⋯⋯

　　宇宙萬物，不停運轉，龐大地球，由西向東轉動，永不休止，如此日復一日，年復一年，向前邁進，渺小的人類，有幸來至世上，歷經數十寒暑，不應庸庸碌碌，一閃而去，總應和其他動物一樣，有個目標，概括來講，就是要「活」，好好的活，健康快樂的活下去，在人類應當再加上要學養成對國家、社會及家庭成一位有用的人。近幾年來，世界上發生許多重大事故，以二粒原子彈終結了世界第二次大戰，人造衛星昇空，向無垠太空尋找生存空間及瞭解太空智識，去氧核糖核酸（DNA）之發現，了解生物遺傳基因對控制疾病，延年益壽，探討真理，有莫大幫助，電腦之應用使智識廣傳，這一切對我們的生活有重大的興革，大地是不會改變的，而人事總會有變動，我因在此時期求學及做事，奔走不少地方，迄今已屆風燭殘年，願意把自己不同遭遇同理念，如實記載下來，另外也請幾位親友及弟妹們撰寫一些大陸鬥爭殘況及修築揚名國際紅旗渠實況加入其中，不敢講有所謂「立言」之浩氣，期望讀者能計下我所談一些實況及過失，不再重覆，如有認同我的理念或有意實踐或改良我的一些計劃者，則感激不盡了。

目　次

請注意：因點滴之年代不同，記述時日都附述於標題後。

綜 說

我的簡歷

本人於民國十六年三月十三日生於河南省林州市（原林縣）橫水鎮窰頭村，家境小康，長輩爺爺耕田為業，奶奶持家，上輩伯母命苦，嫁來不久，伯父病逝，一直守寡在家，父親從政，為地方區長，很少在家，母親很忙，照顧我們，我上有二位姐姐，下有一妹二弟，二十三年橫水鎮成立國小，首次招收女生，我同二位姐姐到橫水鎮借住大姨夫家讀書，後來父親調職到縣城，我也轉入縣立小學，後逢日本侵華，綴學在家，也曾上了一段私塾，至二十八年，政府在合澗成立了三區聯中，我被錄取，繼上中學。

至民國三十一、三十二年，林縣因為日軍二次掃盪而失守，學校南遷靈寶，我有幸隨老師南去復學，至高三時，日軍又大舉掃盪中原，被迫流亡西安，失去家庭接濟，遂進入完全公費學校，胡宗南在鳳翔設立失學輔導處，被編入高三班受訓，三十四年春考入西北農學院經濟專修科，因志趣不合，在暑假改入軍醫學校西安分校，因畢業證書問題，原名衡湘，改名為張斌，一直沿用後半輩子，不久因美國投二顆殺傷力強大原子彈於日本，日本無條件投降，抗戰勝利，三十五年隨校搬至上海江灣同本校合併，而後改名稱國防醫學院，但仍依原制為其中醫科四十六期，後因中共竊據大陸，又被迫於三十八春

遷來台北，至四十一年四月畢業，最初分發至嘉義75軍後送醫院服務，二年後，回國防醫學院耳鼻喉科任教，臨床工作則在801總醫院。以後工作安定，由助教升任講師至教授，臨床方面則由住院醫師升任主治醫師，至六十九年由軍方限齡退役後，又到新成立陽明醫學院教授耳鼻喉科，至八十四年八月正式退休，在耳鼻喉科工作四十餘年，曾到美進修二年，且成立中華民國無喉者復聲協會，也曾數度參加這兩方面世界性大會，以促進本國會務進展，謹將歷年來不同見聞及自己感觸錄下，希望對後學者參考有所助益。

年紀繼續老大，加上以往疾患，如老病吟所講，而致行動不便，出外診療工作只好停頓，留家長期休養。

另外，本人在外奔波多年，因拙於言詞，不善交際，一直到五十年，三十四歲，才同台大護士曲淑玉結婚，育二子（圖205-4），老大張嵩早逝，另有專述。老二張崑，於七十九年畢業於成大土木工程研究所，服過兵役，之後即到台北中華工程顧問公司服務，對高速公路及地下捷運皆有深刻研究。八十二年結婚，育有二子一女（圖207-1），目前都在三玉國小就讀，將來是否有成就，全靠他們自己努力及機運。

林州市的誕生 89.5

　　林州市原名林縣，因近年來改革開放，成效顯著，且被正式確定為河南省全省首家國家及星火技術密集區，和全國中西地區鄉鎮企業示範區，釀成全省學林縣及全國貧苦地區學林縣之口號，因其交通方便、通訊方便，資源物產豐富，旅遊資源獨特，經濟發展迅速，遂於一九九四年元月，經層峰批准，撤縣改市，如此更方便各方面發展，行政上仍屬安陽市管轄，雖非較高升級，但可為全縣鄉民揚眉吐氣了。

　　林州市是一個古老而年輕的城市，早在商代即為帝都之畿，西漢高帝二年設置隆慮縣，至東漢避殤帝劉隆名諱，改稱林慮縣，至金貞祐三年，升為林州，至明洪武三年，改為林縣，歷時六百餘年，近又改為林州市，據說當時有關人士討論改名，有人認為林縣延用很久，且在二十世紀六〇年代時修建人工天河──紅旗渠而聞名於世，想改為林縣市，也有人提議改為林慮市，但票選結果，林州市佔先而名之。

　　林州市位於豫北北端，南北狹長同台灣地圖一樣，河南省原先北方尖端之武安、涉縣，大陸改制後劃歸河北省，故林州市北邊以漳河與河北為界，西以南太行林慮山同山西省平順、壺關縣為鄰，東面分別與安陽市、鶴壁市及淇縣相接，南臨衛輝市和新鄉市，全境南北長七十四公里，東西寬二十九公

里，總面積約二千餘平方公里，人口九十八萬，轄九鎮八鄉，境內資源豐富，經濟發達，礦藏中鐵礦石、煤炭、白雲石、大理石、花崗岩等儲量大，開採價值高。農作物以小麥、玉米、谷子、紅薯、棉花為主。山多坡廣，宜林宜牧，林木品種百餘種，年產各類鮮果三百餘萬公斤，其中以山楂、核桃、板栗、花椒等暢銷國內外。尚有豐富中藥材，如黨蔘、遠志、連翹等。

　　林州市的開發改進，主要是靠在六〇年代林州人民以「重新安排河山」之英雄氣概，在太行山腰修建了紅旗渠，才有端倪。中國以農立國，林州屬大陸性氣候，靠天吃飯，自設縣以來，自然災害頻仍，尤其連年乾旱，河乾井涸，顆粒不收，十室九空，民不聊生，曾有民謠謂：「咱林縣，真可憐，光禿山頭旱河灘，雨大沖的糧不收，雨少旱的籽不見，一年四季忙到頭，吃了上碗沒下碗。」自政局安定後，曾有打井、修渠、引山泉、築水庫等活動，一經大旱，井塘無滴水，水庫底朝天。大旱雖帶來災難，也給人帶來思考，必須徹底解決水的問題，才能脫離苦海。到五十九年十月十日，縣委召開擴大會議，對引漳水入林，北水南調深入研究，想把山西省平順縣境內漳河水由縣西北引入林縣，沿太行山腰築堤修渠迫水南流，如此可由其支渠灌溉全縣三分之二土地，這是林州人民飽受缺水之苦的共同夙願，一場驚天動地傳奇故事才搬演出來。

　　修建紅旗渠是一幕艱苦卓絕、殘酷和悲壯的戰鬥，六〇年代初期是林縣人民在極端困難的三年自然災害時期，在沒有任何機械設備，沒有參考資料，就動員了數萬饑民在險惡大自

然中胼手胝足進行砌牆架橋，需要大量炸藥和水泥，就以土法上馬，研製炸藥，生產水泥，林縣人民們，是靠自立更生，艱苦創業精神改造自然。長長的紅旗渠，分段分配給各鄉各村的壯士們，每人每天只有六兩糧食維生，在此情況下，民工們在工作之餘，上山採樹葉，下河撈河草，吃的是糠菜團，喝的是野菜湯，住的山崖下，頂風雪、戰酷暑，毫無怨言，他們留下豪邁的詩篇：「崖當房，石當床，虎口崖下度時光，我為後代創大業，不建成大渠不還鄉。」在此營養缺乏過度疲勞下，有人全身浮腫，仍然拼命工作。在此艱苦的工作中，意外是不能避免的，或因落石，或因坍方，擷取了不少寶貴的生命。長長一千五百公里的紅旗渠，就是這樣淌著血汗修成的。林縣人民奮戰十年，踏平了一千餘座山頭，鑽透了二百餘條隧道，架起一五二座渡槽，挖砌土石一八一八萬立方米。在修建過程中，犧牲了一八九名英雄兒女，二五六名民工重傷致殘。人工天河───紅旗渠才被建成，揚名立萬實非易事。

　　紅旗渠的物質財富是巨大的，它徹底改變了林州市人民世世代代缺水的命運，由此產生了無窮的財富，更意外的培養了大批高級技術人員及經營管理人才，和無與倫比的紅旗渠精神──「解放思想，實事求是，自立更生，自強不息，開拓創新，團結實幹，無私奉獻。」更衍化成八〇年代十萬大軍出太行，大搞勞務輸出，承辦任何宏偉建築，不僅工料實在，且多超期完工，林縣工隊出現，各地爭先僱用。曾於七十八年首在太原修築一千四百米長的地道電纜，不可妨礙交通，須在夜間

施工，其他工程公司均視為畏途，林縣工隊承包，將二十天工期縮短為十二天。一炮打響，令人刮目相看，此後即進軍天津、海南、北京、西安、上海、吉林等地。目前林州市有十三萬建築大軍，遍及全國二十四省市。信用卓著，現在甚而跨出國門，他們挺進俄羅斯、巴基斯坦，更邁向南葉門、科威特等地，不僅解決了溫飽問題，而且使林州市鄉民儲蓄居河南各縣之首，九十三年底已達二十五餘億元，其中多半來自建築業，由此帶動了市辦工業；鄉鎮企業，能源交通，城鎮建設，文教衛生等共同振興，都是紅旗渠之賜。在七十二年大陸剛對外開放，義大利一位攝影專家安東尼奧尼要為大陸宣傳，特准拍攝六個城市及地區，七十四年二月曾在台視播映，林縣紅旗渠即是其中之一，可知大陸當局重視此渠，同北京、蘇州、上海、南京等地同等看待。

在前年改革開放以後，不能以從前成就滿足，再以「力闖百億，爭當自強，全面振興，實現小康。」為總目標，拓展鄉鎮企業，其產品結構基本趨向合理，初步形成了建築建材、採礦冶煉、造紙輕紡，醫藥化工、機械製造、食品加工六大企業群體。九十三年底總產值達到五十一餘億元，市辦工業也突飛猛進，九十三年底也達五億餘元，其中水泥廠、紡紗廠、陶瓷廠、軋鋼廠、發電廠、砂輪場、石料開採、汽車零件、底盤等皆具規模，保健名飲如唐古貢白酒、五星啤酒、日月神補血口服液，吉利果茶等行銷各地，且交通便利、公路四通八達，旅行社賓館林立，服務周到，國內外電話直撥方便，電傳快捷，頗負發展之餘地。

　　林縣在醫學界也相當出名，因這裡是食道癌的高發區，食道癌又名噎食病，腫瘤長大不能飲食，甚而滴水難進，發病不出半年，活活餓死，尤其在城北東崗、任村鄉一帶，發病率可高達百分之二十五。因此引起全國醫學界及有些世界醫學中心派員到林縣加以研究，以往認為因吃太燙食物有關，後來又歸咎於吃太多醃菜，其中可能含過量黴菌。以往林縣因交通不變，冬天天寒地凍，沒有新鮮蔬菜可吃，因此在下霜以後，把紅薯葉由田中採回，經開水一泡後，放入缸中，表面蓋嚴，用大石壓起來；或採白蘿蔔纓，如法泡製。經過至少半月時光，經發酵變化，即可食用，不再有生澀之味，吃飯時挖出一些，切碎再拌以芝麻鹽粉，相當下飯。聽說目前飲食習慣已有改變，但發病率仍然偏高，或許尚有遺傳因子關係，或是土壤中有稀有元素，仍在探討之中。曾在林縣做過縣長的程萬寶先生，任村人，三十八年攜家帶眷來到台灣，原先身體都不錯，年歲大了以後，他本人、女兒及一婿都因食道癌過世，能不慎乎！因為林縣發病者很多，縣人民醫院對此病之診斷及治療也非常突出，以前研究認為癌症未形成前，食道表層黏膜細胞會有角化變性，如能及時發現，早期治療，變性細胞尚可復原，以免衍化成癌。但是如何能早期發現呢？因食道深邃不易直接看出，而是由粗線做成網狀物，套進導管前端，把此導管吞入胃中，慢慢經食道拉出來，把此網放入生理食鹽水中清洗，再加以高速離心，染色檢查剩留表層脫落細胞，如有角化變性，馬上免費供給抗癌藥物服用，多可恢復正常。已有病變，依病

情加以放射或手術治療，縣人民醫院對食道癌切除手術，相當熟練，在國內頗有名氣，也有其他地區食道癌患者，轉到林州市來治療。上述檢查稱為拉網試驗，也可用為篩檢用。

林州市西依太行山南端稱為林慮山，俗稱西山，最高山峰海拔一六三二米，巍峨蜿蜒，縱貫南北，其勢猶如一座巨型石雕，奇峰崢嶸，林木蒼翠，重岩疊嶂，千山萬壑，素有「景物雄奇，秀絕一方」之稱，史有「太行最秀林慮峰」之譽。從殷商以來，歷代帝王將相，僧人名仕和文人墨客爭相來此遊覽避暑，吟詩修煉，留下了寺、廟、亭、塔及雕、繪、詩、畫等人文景觀，給這裡峰岩幽谷、泉溪洞瀑等自然景觀增添了瑰麗的色彩。二十世紀六十年代，林縣人民沿太行山腰修建了人工天河──紅旗渠，「裝點此關山，今朝更好看。」使林慮山風景區成為世界矚目旅遊勝地，後經整理規劃，將此名勝區分為六大景觀，各具特色，分別為太行行水、黃華神苑、王相金秋、洪峪金燈、天平北雄及柏尖奇景，另有六小風光適合旅遊開發，為石門湧泉、龍洞天橋、白雲古觀、弓上塘魚、萬寶雙龍及龍頭翠柏，筆者抗戰時離開家鄉，年紀尚小，交通不便，名勝風景，很少去觀賞，兩岸開放後，回家數次，也只看過前三大景觀，六小風光，也只去過最後一個龍頭翠柏，分別介紹如下：

一、太行行水（前行讀航，後行讀形）

　　所謂太行行水，是紅旗渠修建後而給風景如畫的太行山，再添一大勝景。當局者認為胼手胝足開關的人工天河，可向世界宣揚中國人艱苦卓絕的精神，先後曾有十四個國家和地區元首、官員商賈、專家名流來此參考觀察，旅遊觀光，而使太行山大好河山紅旗渠，風靡世界。首先介紹重要景點如下：

　　分水嶺與分水閘：位於城北十五公里，由紅旗渠總幹分出三支幹地方，這裡林籟水韻，風景宜人，布局嚴謹的仿古與現代建築匯為一體，在蒼松擁簇下，首先映入眼簾的是紅旗渠紀念碑，是在九十年通水二十五週年時所建，高二‧二米，分六棱，每棱寬○‧七四米，碑頂依古屋簷分垂，各面除紅旗渠簡介、示意外，均為長官題詞。分水閘是總幹渠分水樞紐工程，高樓聳立。雄偉壯觀，正面頂樓尚有郭沫若題「紅旗渠」三個朱紅大字，閘門內奔瀉出兩股激流，靠右分出的一幹渠沿西山南流到合澗同英雄渠匯流，灌溉中南部，二幹渠向東到橫水馬店村，三幹渠從上游五○○米分出也向東北到東崗鄉東盧寨村。另有紅旗渠紀念亭及分水嶺雙孔隧道可資觀賞。

　　青年洞遊覽區，在城北三十公里，是紅旗渠精華所在，這裡高山聳立，幽深莫測。八米寬的紅旗渠，懸掛環繞在雄峨偉崎的太行山半腰，滔滔渠水，奔馳穿山南下，各種文物點綴其間，這裡風景應由渠水沿山由東向南開始。首先有郭沫若題「紅旗渠」碑，背面為書法家王智仲寫「開山造渠，工侔禹

夏」，碑後右大石壁上書「鷹嘴山」，突兀的山峰，像雄鷹極
目遠眺，意欲展翅騰飛，氣勢雄偉。在山腰沿渠南行不遠有
鋼繩懸橋，橫跨渠上，名曰「鵲橋」，兩旁有欄杆扶手，行走
其上，顫顫悠悠，仰望大石壓頂，俯觀渠水喘急，別有一番情
趣。向南行不遠為大禹雕像，矗立山間，緬懷大禹鑿山闢徑，
導水入海，使人民安居樂業。而人民群眾於山腰築渠引水灌
溉，富庶鄉民。方法不一樣，功德卻相同，再循溪南行至「凌
雲亭」，依山傍水，挑擔彩繪，登亭向東遠眺，林州大地，盡
入眼簾，令人胸懷開闊，心曠神怡。亭後不遠，登上雲梯，即
可進入「一線天」。為岩石中間狹縫，高五十餘米，只能容一
人單身獨行，真是鬼斧神工，天下一絕。穿過一線天，登上
「鳳凰台」，這裡是大山的第三層山巔，人跡罕至，只有鳳凰
才能飛來落腳故名，台左側有長十餘米水泥雕塑青黃二龍由洞
中爬出名雙龍洞，右邊有八洞神仙塑像，相傳他們曾經旅遊此
處，曰「聚仙洞」。再向南行不遠，即達「青年洞」。滔滔渠
水，進入洞中，洞中懸崖千仞，有郭沫若題寫「青年洞」三大
紅字，是紅旗渠險要和有代表性工程，洞長六二三米，高五
米，寬六·二米，挖石一·九四立方米，總投工十三萬餘個，
六十年二月動工，六十一年七月中鑿通，堅苦艱辛，可以預
料，為了紀念青年們偉績命名。可坐汽艇入內，在洞中慢行，
撲朔迷離，如入龍宮，前行一六一米，可到四號旁洞，下艇可
達「仙人台」觀賞洞外奇景。

　　青年洞附近景觀尚有天橋斷及絡絲潭，是在任村鄉西北紅旗渠下以漳河與涉縣為界地方。這裡素有九唻十八斷之稱，濁漳河之水自西浩盪而東流入林慮山西北處，因河谷窄，水流斷跌數十米，如白馬玉龍飛瀉成瀑，墜入無底深潭。澎湃激流，落底滾波，捲起數米高浪，將周圍赤壁險崖，咬的深深淺淺，嶙峋參差，狀如九個龍頭，伸入水中，故稱「九龍戲水」，附近水聲酷似虎嘯豹吼，如雷貫耳。在此峭壁對峙的峽谷深潭中間，四股鋼絲繩索凌空騰架，長二十五米，上舖二米寬耐腐蝕的厚木板，名曰「天橋斷」。橋南為河南省，橋北為河北省。人行橋上，搖搖晃晃，側觀飛流狂濤，俯看深澗幽潭，宛如九霄步雲，情趣頓生，每歲酷暑，雨水充沛，漳水咆哮，飛瀑傾瀉，登臨此橋，別有異趣。沿著河岸紅岩石階，下到接近水面地方，斷下絕壁上有一小掛瀑布，無聲無息的注入漳河中，天橋下的深潭水深七十多米，稱為「絡絲潭」，亦叫「淚思潭」。傳說天橋斷是隔離凡塵與仙界的天塹，七仙女與董永分手後，無法越過天橋斷與親人相會，以淚洗面，天長日久，滴成此潭。離此不遠，在河邊建一古色古香亭（圖210-3），由此循螺旋梯拾級而下，河邊有一神龜洞，深六十米，高十二米，寬八米，傳說有神龜居此，時時拯救落水難民。洞內有神龜造像，翹首睜目，環視洞口，栩栩如生，為休憩好去處。

二、黃華神苑

黃華位於林州市城西十公里，林慮山主峰中段東側，每歲晚秋，黃花滿谷，因花華諧音，故名黃華。這裡環境優美，寺廟林立，佛塔簪峙，為佛道聖地。歷代來此觀光的政治名人有趙武靈王、曹丕、北齊高歡、北宋韓琦等，知名文人學者有酈道元、王庭筠、元好問等都曾被黃華自然景色所陶醉，留下詩文和書畫，供後人頌讚瞻仰。黃華不僅有倚山就勢錯落有致的寺廟古刹，而且有得天獨厚的山水景色，渾然一體，相映成趣，背後有奇峰十二，怪石十座，散落於山巔棱突，皆有其動人綺麗故事。

寺廟數座，分下寺、中寺及上寺，下寺最大，名「覺仁寺」。建於隋代，盛於元朝，這座禪寺規模龐大，幾經修茸，殿堂古樸典雅，金碧輝煌。山門前有巨型石碑一通，明萬曆修建，上書「天開圖畫」，確切概括了黃華景觀。山門東側有棵銀杏樹（俗名白果樹），枝繁葉茂，青翠欲滴。寺院為二進，中供佛祖及羅漢。寺西側一處為佛徒墓葬塔林，為石構喇嘛模式，數量不少。民國二十九年夏，在合澗鎮成立不久的三區聯中，因為敵機狂轟濫炸，合澗靠近專員公署，為轟炸目標之一，故不能安心上課，遂遷移至黃華寺，師生住在下寺和中寺，朝夕和泥塑神像共處，在泥像側就寢，泥像前上課。但山中蚊蟲太多，氣候潮濕，長蟲（蛇）不少，沒有好久，同學們多罹患瘧疾及「羊毛疔」[1]。教導主任吳建勛臥病在床，神智

不清，學校派人送他回安陽老家，半途而逝，學生多半輟學歸家，校務被迫停頓，而後再搬到合澗大店村復課。由下寺沿溪旁上行，可達中寺及上寺。該寺創建於金朝，這裡背倚群峰，林木參天，環境幽靜，為王庭筠讀書處，宋相安陽人韓琦，曾遊覽黃華，有歸隱此處之感。可惜在紅衛兵造反時期，寺廟均遭破壞。目前，上寺旁築一水庫，碧波蕩漾，清澈見底，山色倒映，猶如仙境，庫北側倚山建王母祠，是座雄偉壯觀道家祠院。祠後高崖嶄上，修有「玉皇閣」。全為青石結構，雕飾門窗，風格獨特，別稱「沒樑殿」。坐於此處涼台上，向東南俯瞰，黃華遠近風光，盡收眼底，中寺於九十年修峻。下寺原有風景，蕩然無存，已著手規劃重建中。

寺前一彎清溪，順流向東而下，以綠玉鋪底，溪水更顯清澈。溪旁築渠引水灌溉，因為地形關係，渠岸愈下愈高，觀之有溪水上流之感，故有「黃華流水顛倒顛」之稱。循溪上行，將及懸崖處，有飛瀑高懸，下有深潭，水色深褐，稱「黑龍潭」。懸流隨風飄蕩，如半天飛雪，遊人可進入瀑後觀賞，早上日光照射，如珍珠翻滾，七色繽紛，俗稱「珍珠倒捲簾。」此瀑冬不冰，旱不涸，當嚴冬來臨，水落積為冰洞，冰洞如缸，稱「冰人洞」。賞景者至此常觀景不捨，流連忘返。怪不得北齊高歡在此築避暑夏宮。

金代詩人元好問曾作「黃華水簾詩」

> 黃華水簾天下絕，我初聞之雪溪翁[2]。
> 丹霞翠壁高歡宮，銀河下濯青芙蓉[3]。
> 昨朝一遊亦偶然，更絕摹寫難為功。
> 是時氣節已三月，山木赤立無青容。
> 湍聲洶洶轉絕壁，雪氣凜凜隨陰風。
> 懸流千丈忽當眼，蔕芥一洗平生胸。
> 雷公一怒散飛電，日腳倒射垂長虹。
> 驪珠百斛供一瀉，海藏翻倒愁龍公。
> 輕明圓轉不相礙，變見融結誰為雄。
> 歸來心魄為動盪，曉夢月落春山空。
> 手中仙人九節杖，每恨勝景不得窮。
> 攜壺重來巖下宿，道人已約山櫻紅。

清李恆謙亦和「水簾詩」

> 黃華日隱西巖暮，陡瀉飛泉成瀑布。
> 珠簾迸出玉龍寒，凜然令人常卻步。
> 無冬無夏雪霏霏，溪雲斷隔峰前樹。
> 此間熟客到應難，深谷呼號風聲怒。

註1.「羊毛疔」，患者時時發燒，可在背上脊椎中間長有紅點，以針刺
　　開，再挑出細長白絲，剪斷退燒，故名「羊毛疔」。
　2.雪溪翁：指金學士王庭筠。
　3.青芙蓉：多冰的積冰貌。

三、王相金秋

　　王相岩位於林慮山主峰西側石板岩鄉，距縣城西北二十五公里，有公路可達。這裡群峰高聳，壁立千仞，幽谷深澗，飛瀑高懸，古樹參天，蒼翠欲滴。附近有三九桃花及三伏冰奇景，令人驚歎不已！因商朝奴隸出身的宰相傅說曾在此居住過，故名王相岩，此地一年四季景致多變，尤其是金秋十月，天氣高爽，滿山紅葉，層林盡染，果實累累，紅裝素裏，故有「王相金秋」和「太行之魂」之美譽。因此吸引名君賢臣文人雅士來此駐足觀賞，如奴隸宰相傅說，東漢大臣夏馥，明朝道士趙得秀即曾隱居此地。有名景點如下：

傅說（讀ㄈㄛˋ）舊居

　　王相岩是商朝國王武丁賢相傅說住過地方，相傳殷商時盤庚把姪子武丁送至林慮山同奴隸們一起工作耕田砍柴，以瞭解民間疾苦並養成勤勞、勇敢、堅苦、樸實的良好習慣。此時他結識了聰明好學、才華橫溢的傅說成為好朋友，後來武丁即位，為了起用傅說，但是當時不能讓奴隸作官，苦思冥想，終得妙計，利用人們迷信心理，不惜演出「三年不語」啞劇，武丁忽患重病，昏睡三天，假托先王湯夢中推薦大聖人傅說輔佐朝政，治理國家，大臣們信以為真，遵照武丁指示的方向找到傅說，帶回殷都。武丁大悅，讓他換上朝服，拜為宰相，傅說為了報武丁知遇之恩，竭盡文韜武略之才華，不出三年，朝綱大振，四方賓服，史稱「武丁中興」。後人為了紀念傅說，遂

把住過的懸壁岩洞稱為王相岩，岩內有一石井，久旱不竭，久雨不溢，為王相井，把絕壁崖頭千年古橡樹為王相樹，他經常砍柴的山嶺為王相嶺，嶺下山溝為王相溝。王相樹對面嶄頭有傳說占卜座的石椅為王相椅。椅前平坦大石是常同武丁卜卦推算國運為卜卦石，到王相岩景區停車場上不遠，有二・三米高的傳說塑像，栩栩如生，像前有簡陋石砌石版屋兩間，為王相村。

寶泉飛瀑

　　這裡是一個雄偉壯觀幽靜的地方，由王相村沿王相溝北岸循石階上行，只見林木聰郁，山水秀麗，巍巍峭壁，成半圓形羅列天際，山巔上的九峰，突兀秀峻，挺拔直立，依其形狀稱為筆架峰、玉屏峰、藥聖峰、仙女峰、飛雲峰、八戒峰、二鳥峰及駱駝峰。向西南行不遠，在對面拱形千仞峭壁中央，從峰頂中央深峽之寶泉飛流奔瀉而下，形成水簾瀑布，石潔水清，渾然天成，氣勢磅礡，望如白絹懸掛崖際。下有深潭名「仰天池」，三伏酷暑，飛珠濺玉，沁人肌骨。三九寒冬，水積結冰，形成冰林玉柱，蔚為壯觀，這裡山峭壁立，林茂谷深，怪石嶙峋，環列池邊，可坐可倚。古人在池邊立巨石，上刻「仰止」二字，讚賞此地是自然景觀及好點。明萬曆十七年，林縣知縣張崇雅秋日登臨，曾書「峻嶺崇岩萬壑中，仰天池泄玉玲瓏，屏峰壁立冲霄漢，一片秋光滿谷紅。」從仰天池東北沿密林小道，步登千層台階，懸梯五盤，可觀賞趙得秀道士（亦名趙九峰）修建九拱懸橋、玉皇閣、老君殿、書齋樓及佛祖殿等，皆築於崖岩絕壁之間，令人讚嘆！

魯班壑與太行隧道

　　魯班壑在王相岩景區東南方相當林慮山的前層有一缺口，壁立如門，也稱魯班門，此處海拔一一○○公尺，門寬一一○米，壁高二五○米，由縣城向西望西山，可以看到此門的東邊，這是以往由林縣到山西平順縣及石版岩鄉必經之途，魯班壑東面有百餘個成「之」字形有台階之盤道，便於挑夫行走。對此鬼斧神工之壑流傳一段神話，數千年前名匠魯班途經林慮山，看到山高難越，道路險峻，行走艱辛，就輪起巨斧想劈開此山，因山石堅硬，結果只在山巔砍了一個壑口，打開了東西之途，魯班壑東側路邊崖岩上，有一只全手指的痕跡，說是魯班留下的。從此走一盤山小徑，有「香柱泉」，是魯班喝過的仙水，過路人喝了此水，無論上山或下山，不渴不累。因此凡是走過魯班門的人，都好奇的喝上幾口。以前要去王相岩，必須步行盤路，穿過魯班門，再下山東北行才能到達王相岩，單程也要一天工夫。後來修公路由任村繞入石版岩鄉，也頗費時，自從六十九年起，集合了三八○位鑿洞專家，他們以大無畏精神，頂風雪、冒酷署、戰頑石、鬥險關，終於于七十四年五月在海拔七百米高，打通了長千米的公路隧道，命名太行隧道。林慮山的前門終於被打開了，公路繞行山腰，穿過隧道，像長空降下了一條巨龍，盤旋曲折，飛落山崖，直抵縣城，從此高山峻嶺不再是關塞極天唯鳥道，而是萬古天險變通途，要到太行之魂王相岩不再難走。石版岩鄉水果、山產易於暢銷，王相岩成為遊林州市主要景點。林州市仍屬豫北重鎮，交通便捷的安陽市。凡是在安陽市舉辦國際性重

要集會，其中代表如有旅遊活動，一定會排王相岩、紅旗渠之行。此新闢公路稱為石林公路，從縣城出發向西北方向，同紅旗渠一幹渠交匯處，可看到雄偉壯觀的「林慮山」碑坊，潔白如玉，巍然屹立，沿公路九轉十八盤，可看到林慮山頂「飛來石」及太行隧道北側崖嶄上伸出小山峰，形似雙猴對坐，稱為「雙猴對弈」或「雙猴把關」。三國時曹丕曾到太行山參禪，賦詩曰：「西山何其高，高高上無極，上有兩仙童，不飲亦不食。」同這裡頗為符合。

桃花洞及冰冰背

王相岩附近有二奇景值得介紹，為桃花洞及冰冰背。桃花洞在石版岩西北林慮山半腰，海拔一六〇〇公尺，從石板村沿盤山公路西行五公里，便進入雲中山庄——桃花洞村。山村順羊腸曲徑攀登，迎面峭壁上有一天然山洞，就是桃花洞，周圍山巒起伏，群峰如筍。洞口上是千仞絕壁，懸岩倒掛，西南方有一瀑布飛流直下，跌入深潭。此處方圓五公里以內，氣候溫和，四季如春，尤為奇特的是到了隆冬，別的地方早已葉落花謝。花木凋零，而桃花洞四周卻是桃花怒放，爭芳鬥豔。相傳北齊高歡兵敗蟻尖寨，率兵退到桃花洞一帶，時值數九寒冬，白雪皚皚，不能行軍，無奈駐山洞紮營，由於後有追兵，心急如焚，恨不得插翅飛離此地。一天夜裡，他夢見一位白髮仙翁對他說：「桃花開，兵出洞。」於是天天派人到洞外窺察。洞外寒風怒號，滴水成冰，哪裡會有桃花開呢？一連九天九個士兵都如實稟報桃花未開而被殺，派出去的第十個人，出

洞一看，仍然風雪茫茫，哪有桃花開放，回去照實稟報，必死無疑，想到自己老母、妻小以後無法生活，不禁搥胸頓足，嚎啕痛哭，邊哭邊叫：「老天救命，桃花快開吧！」哭聲上達天庭，玉皇大帝深受感動，遂派百花仙子下界命令這一帶桃花雪中開放。高歡喜出望外，士氣大振，一鼓作氣打敗了敵軍。從此以後，這一帶的桃花年年三九開，山洞也被人稱為「桃花洞」。

　　冰冰背位於石版岩鄉西北車佛溝的半山腰，海拔一五○○米，嚴冬時水溫氣暖，煙霧繚繞，盛夏，水寒結冰，涼氣襲人，結冰面積有六○○平方米，冰窟周圍，群峰環繞，層巒疊嶂，怪石縱橫。陽春三月，草木蔥籠，山花盛開，這裡卻開始結冰，直到八月中秋，冰凍方始融解。結冰期長達五個月之久，最盛時，恰在六月炎暑，在酷熱三伏天，人們揮汗如雨，但踏入此地，立刻涼氣襲人，石洞裡有潔白如玉懸掛倒懸石壁的冰錐，亂石上鑲嵌冰凌。而到嚴冬臘月冰封大地時，這裡卻熱氣吞吞，從亂石中溢出泉水，溫暖宜人，令人驚嘆！其神妙傳說是在遠古時代，這裡森林茂密，風調雨順，有一深潭，供此地灌溉飲用，調節旱澇，年年豐收，可是有一年一條惡龍騰空飛來，口吐火舌把潭水吸乾，水源乾涸，草木枯萎，天乾地燥，生靈塗炭。正當人們受難之際，恰逢八洞神仙駕雲經過，看到惡龍降災，於心不忍，鐵枴李一拐杖通到海底龍宮，逼龍王送來甘泉，但惡龍仍口噴火燄，想把水吸乾，鐵枴李站在山峰上，從寶葫蘆裡扔出大塊大冰蓋住了潭泉，又一腳蹬倒了一座山峰，把火龍壓在山下，從此人民得救，萬物復甦。現在冰

冰背上還有一座壁立如簪的大山峰，是鐵枴李另一腳曾踏過。從此人們傳說紛紜，諸如冰冰背的冰能除妖降魔，冰冰背下面呼呼作響是火魔被壓的喘氣聲，其中熱氣是火魔化掉冰塊產生的，冰冰背的沼澤是火魔掙扎時用爪子挖的坑，其下面石窟裡流出來的水是冰融化而來等等，因此有人來此搬冰塊或取水浴身來治療眼疾或其他疾病。

四、龍山翠柏

　　龍山翠柏排在林州市六小時風光的最後，但是該風景區因靠城區較近，開發潛力最大，目前已粗具規模而且在積極發展中。龍山是指龍頭山，座落於城東郊一公里處，狀如一條巨龍的山坵，自東北蜿蜒起伏向西南伸展。素有「太行秀山」之一美稱，且是一處「風水寶地」，經多年栽植樹木，綠化山頭，整修建築，把原是光禿禿的山嶺，現已翠柏成蔭，樓閣點綴，也將成為城關一帶休閒好去處。

　　生長在城關附近的人，對龍頭山十分熟悉，因有七層寶塔矗立龍頭山西南頂端，是一個吸引少年人的好去處。而且還有奇妙傳說，這條龍頭會慢慢向西南生長伸展，如能長到南關外南大池時，喝到了此處活水，則靈性大發，能庇佑林州市出生一斗芝麻多的官員，但被妒忌的聰明南蠻識破，企圖破壞此處風水，遂在龍頭上額頂中間築一寶塔鎮壓之，則此山不再生長而成死龍。但是首次工程計算有誤，龍頭感到不舒服而擺動一下，塔隨之倒坍，因此再重新修建，勘好地點，比過去的塔更

加高大。這次壓在正點上，龍被壓死，因此一斗芝麻的官員，變成了一斗芝麻的工匠，這次十萬大軍（工匠）出太行，也許正應了此說，記得我們在四十年代讀小學時來此遠足，瞻仰寶塔，在此附近，確有原塔舊址，故對傳說，深信不疑。據目前記載，稱此塔為文峰塔，先建於清乾隆十二年，重修於道光十七年，而文峰塔不修在文廟之中，卻孤零零的築於山巔，而且二次不在同一地點，更令人起疑竇？只有姑妄言之，目前當局有計畫將龍頭山名勝區遵循園林建設的要求，按照科學規劃，合理佈局，把此地風景名勝分為五區約三十景點，簡述如後：

陵園區：即烈士陵園，位於龍頭山北側，七十六年動工興建，八十年落成，佔地約二萬平方公尺，兩側植有成行柏樹，四季碧清。陵園座南朝北，大門在長長台階上，莊嚴肅穆，院內有長方形花壇，種有櫻花、紫荊、芍藥、玉蘭等花木，再沿台階上達憑弔台，有十五米高白色大理石紀念碑，聳立台上，正面書寫「革命烈士永垂不朽」，再向上到紀念堂，堂內陳列著抗美援朝戰鬥英雄孫占元及栗振林等三千多名先烈生平簡介及圖片。兩側為烈士靈館，安放烈士們遺骨匣。由中間向上到達後門，門外山頂建瞻景亭，由此可俯瞰整個陵園及城關附近勝景。

山南區：自西沿山往東，將建朝陽觀，竹林山莊，媧皇宮及太平寺等四個景點。

山脊區：由西向東大致完成，始為青雲梯，以後為青龍像，
　　　　文峰塔已如前述，文昌閣、青龍殿、瞻景亭，再上
　　　　為避暑宮、南天門、玉皇閣等十一景點。

山北區：自西起分設文廟、黃華書院、功德坊、碑林、康
　　　　樂活動中心、兒童遊樂園已部分完工，如龍宮探
　　　　險、碰碰車、旋轉傘、迴旋車，並引水做人工湖
　　　　可以划船等，已開始營業。另外二十四孝祠、地
　　　　下宮殿、游泳池、花園等次第興建中。

館北區：將建洞天世界、望霞閣、財神廟及魯班廟等四大
　　　　景點，魯班廟已將竣工。

因此可以預見龍頭山風景區在積極經營下，將融合公園、園
林、宗教、旅遊、度假、消遣、娛樂、健身為一體的綜合遊覽區。

國際滑翔基地

國際滑翔基地是林州市近來崛起之勝地，曾吸引中外好手
來此做滑翔比賽，並經有關專家觀察，一致認為這裡起飛地勢
好，著陸地點好，名勝風景好，食宿條件好，交通道路好，是
亞洲最理想的比賽基地，亦是世界最好的滑翔基地之一。此基
地位於市區西北二十公里處，林慮山北段海拔一千三百米魯班
村南校場。是北齊高歡修建宮殿屯兵存糧的地方，其子即葬於
此，現仍存有太子墳遺址。頂端平坦，崖壁直如刀削，站在崖
頭，可俯瞰林州市東邊山川景色，猶如置身雲天之外。山頂從
南到北，皆可提供起飛地帶，全年風向為東南風及東風，上升

氣流，每秒三至五米。難能可貴的是汽車可直達起飛地點，更易於多次起飛，適合比賽，山下有廣寬平坦腹地，著陸方便。事實上滑翔分傘翼滑翔及懸掛滑翔，前者也稱山坡傘飛行或飛行傘飛行，駕駛者乘坐輕便傘翼在山頂經風吹充張開雙翼，向前跑幾步，即可離地升空，沿山坡滑翔飛行，後者是駕駛者吊掛在一個固定的三角翼下面滑翔飛行。

在九十二年六月初於此基地曾舉辦「海峽盃」滑翔比賽，匯集兩岸滑翔好手來此競技，頗獲好評，於九十三年在此舉辦首屆「日月神杯」滑翔比賽，曾獲得國際滑翔界關注，國際航空聯合會主席海澤爾博士特來電祝賀，來自日、韓、紐西蘭、港及國內選手們參加角逐，效果甚佳，因此國際航聯於九十四年九月舉辦第二屆國際滑翔傘比賽，邀集三十多個國家及地區選手參加，盛況空前，轟動國際。

林州市如一顆明星於九十四年出現在河南省北端，在河南省、全國及國際間略有名氣，我們一些生於此，長於此，啟蒙於此的鄉友們深感與有榮焉，露從今夜白，月是故鄉明，特願為文介紹林州市，祈望各位鄉友返家探親時或至中原觀光時，如有餘暇，不妨到河南北邊看看人工天河及林慮山奇景。

註：林州市名勝原分六大景觀及六小風光，文中僅談及三大景觀及一小風光。作者本想完全補齊，後因惡疾附身，未能如願，恨甚！

墳墓合理規劃之商榷

　　我國受儒教教化多年，忠孝傳家，對過世之祖先在自己田中覓一風水寶地埋葬，葬地堆土成堆，堆前立碑，以便日後拜祭，富豪之家可能在地上蓋一宅院，帝王之家更為鋪張，死後希求在地下有同樣享受，多年營造地下宮室，逼人或仿製人畜陪葬，才會有兵馬俑之發生，富豪之家也會為本宗族置一大片塋地。人有生必有死，長此下去，可耕之地日漸減少，台北市公墓本來劃在赴陽明山途中山坡上，死者逐年增加，而原地不可能擴大，原來地方墓地已經飽和，後來又修美奐美崙六層骨灰塔一座，也已用罄，岳父母於六十八年在陽明山墓園區買了一塊地，原以白色大理石覆蓋，幾年後變色難看改為黑色花崗石，旁邊尚有一小塊歧零地，張嵩去年死後想找一放骨灰地方，相當困難且索價高昂，且要先交二十三年包管費，後來在此歧零地搭一小塔放嵩兒骨灰（圖214-2）。以後死的人慢慢增加，需地更加困難，大陸雖大，但人太多，也有此情形，二〇〇一年政府下令耕地上不准再有墳堆。

　　放眼其他國家，在美國多用火化，然後在山坡所謂墓園十分平坦地方留一方圓尺許地方可以留名及插花拜祭，九十一年，同友人至雲南西北部旅遊，係藏胞居處地，走了好久沒有看到墳堆，據導遊講，他們對往生者，有五種處理方法，一為

天葬，最多用，有天葬師將屍體處理分塊餵食老鷹，吃的愈淨，則轉世愈快，二為水葬，由水葬師處理，只是將屍塊投入水中餵魚，故藏人多不食魚，三為火葬，有傳染病者多用之也是多人採用方法，死後燒成灰，頗有環保之觀念。四是土葬，乃犯法者脫光衣服埋入一深土洞中，永不能超生，藏人多求來生較好，故犯法者少。五是塔葬，極為少數，必為德高望重聖僧或為善最多之高僧方能以靈骨塔式存放之，甚為少見，一年中有一天尊敬祖先，不必到墳上拜祭。

　　人雖為萬物之靈，但亦需遵守生物規則，有生必有死，惟生存年限有所不同，有些人不願離開此花花世界，尤其是生長在帝王富貴家，為了長命，不惜重價求長生不死之藥，而在死後又求在地下有同樣享受，摧毀養生之大地很多，我們生長在地球僅有短短一段時間，為國為民服務已享有其尊榮，死後之榮耀皆屬虛玄，獻花燒紙皆屬浪費無用，佛教所謂明日極樂世界不可能實現，故我贊成死後應予火化，其灰粒應撒於海中或高山，其豐功偉業，可列入正史或家譜中流傳後世追念，一年擇一日為追悼日，因為地球只有一個，且只有百分之卅為陸地，而陸地上有些地方酷寒或是沙漠，人類生存地方有限且生生不息，霸占地球上有限可用之地，如不及早加以規劃，我們的子孫們在此地球村上只有互相殘殺才能生存，執政者請及早規劃之才好。

　　另外有許多國人迷信風水、陰陽宅之說法實不可靠，如葬在福地富貴齊來，子孫高官且有無窮財產，但是從未見過名風

水家子孫成為高官或帝王者，我們花蓮勝產白色大理石，拍馬者在總統府前做了二個大理石噴水池，以充實總統府景觀。但經某風水先生說，二池白色很像墓前大臘台，一天之後，水池不見了，可惜！！也有許多改大門方向以博好運，仍是壞事連連，這些無知大人，省省公帑吧！！

風氣之不變

　　時歲之更換，人事之變遷，一些風俗習慣也隨之改變，否則就會有落伍之感，茲分述如下：

一、養兒防老，積穀防飢

　　以往確實如此，目前已有多人對此不太同意，如果很有錢，兒孫們還孝順，但死後互相爭產而成仇，如果沒有錢，兒子們都不理你，但是養兒子仍繼續施行，有的兒子不爭氣，求學成家一直由老子養下去也很多。

二、貞操觀念幻滅

　　以前婚前男女保持清純，婚後才發生關係，如有奉子女之命結婚，不太苟同，目前男女關係相當開放，在交友時已相當密切，女方懷孕才行婚禮，大肚子新娘無人恥笑，且成風氣，離婚率節節高升，單親家庭比比皆是。

三、貪圖享受而不婚或婚後不育子女

　　以往認為多子多孫是福氣，繁延後代也是天理，目前許多年輕人則不以為然，看到許多人婚後煩惱多而不結婚，成了許多單身貴族，更有一些人婚後貪玩省事，不育子女稱為頂客族（Double income, No kids, DINK），出生嬰兒日漸減少，小學招不到學生，甚而會有絕後亡族之危機。

四、同性戀之公開

以往認為同性戀違反常理，目前則認為有些人有此生理傾向，已有些地方認同他（她）們可以結婚成家，往日是偷偷摸摸，今日公開認同，正式結婚，於大飯店中，名主持人也自承是同志，這類電影且獲奧斯卡獎，台大ENT女主治醫師林和惠，先生是骨科醫師，子女長大，她已在耳鼻喉科做醫師多年，對聽語方面專長，卻於八十年十二月十二日在一天主堂地下室被大火燒死，可能與同性戀有關？傷哉！

五、籍貫之淡化

世上戰亂不停，人口不斷遷徙，原有之籍貫及葉落歸根之觀念也日漸淡化，以我來講，生於河南林州市，求學時曾流浪至靈寶、上海至台灣，住在台已超過五十年頭，已經習慣這裡一切，八十九年雖改革開放，可以回去探親，回去沒有合適地方住，可以談心的人很少，因此只有找祖先墳墓拜祭，開始分二處，以後才擺在一起，弟弟妹妹們通通不在老家，以後子孫們將搬移何處，很難料定，像我岳父母葬在台北，其女兒在此時來祭拜，其子孫們在美國，很少前來，人類有辦法時都希望居住在富庶溫暖地方，將來融合成一大地球村，故鄉也許多幾個，籍貫則不定矣。

六、唱歌人身份提高

以前帝王時代，會唱歌的多為富貴人家或在宮中供養，必要時以娛嘉賓，身份頗低，以後有了戲園，以娛大眾，遂有

歌星之譽，近來演變，如歌聲佳美，粉絲（Fans）變多，更有跨國歌迷，開唱必須大廳，聽者動輒上萬，舉行簽名會人潮洶湧，名利雙收，以此更可做為轉業之最佳跳板。

七、一些人不怕死最為可怕

在二次世界大戰將結束時，日本一些飛機駕駛員為了報國不怕死，把兩側耳膜穿孔，不致在飛機由高空突降使兩耳疼痛吃不消，攜炸彈衝向戰艦死亡，近來美伊戰爭，伊拉克許多汽車駕駛，滿載軍火衝向敵陣，與車偕亡，最近因生活在困境，燒炭自殺時有所聞，活人不應有此想法，二〇〇四年九一一恐怖事件，恐怖分子以自殺飛機轟炸世貿大樓，死傷逾萬人。這種想法，應當設法戒絕，否則人類會從地球消失。

撰寫耳鼻喉科大專用書甘苦談

　　在醫學院臨床各科中，能擁有中文版教科書的如鳳毛麟角，升入該科後，除聆聽教授現身說法勤記筆記外，如欲深加瞭解，只有參閱英、美教科書，在耳鼻喉科簡要的有DeWeese, Bios及English等課本，比較深入的有Ballenger, Scott-Brown, Paperella, Shumrich及Cumming們的煌煌巨著，原文書資料豐富，讀起來比較費時吃力，當時市面上只有中譯日本廣戶教授所編一本小書，不太適合國人口味，且對我國流行疾病著墨不多，因此很早就孕育了撰寫ENT教科書之意念。

　　民國七十四年十一月，陽明醫學院循國立編譯館之邀，高價鼓勵在職教授們編寫教科書，當時台北榮總因要擴編開業，中南部榮民總醫院儲訓了一些醫師，故人力比較充沛，遂冒然接下此重擔，分別交由耳鼻喉科主治醫師以上者執筆，為了順應世界潮流，頭頸外科疾病的診療也加入其中，最後交由本人整理彙編，經一年半才告完成，才把稿子、畫片等送入編譯館，原以為一年後即可面世，不意公家出書非常謹慎，他們先把稿子送給這一專門科的二位教授加以審閱，期能找出一些瑕疵，分由我提出正確答辯，如此修正，又耗去了二年半時光，至八十二年六月經館方認可後才算完稿，再找書局投標刊印，由正中書局得標。

　　因為合約中對出書時間沒有約束，故印刷工作十分緩慢，當書局要趕印中學教科書時，我的書放在一邊，慢慢校正，當時正中書局印刷品辦公室尚在重慶南路與衡陽路交界口，220公車由醫院可以直達，這段時間，我時時兩頭奔走取稿校正，但進展很慢，本書由完稿至八十五年三月出版，費時頗久，在醫療上日新月異的今朝，已有一些論說略顯陳舊，期望再版時，能予改正，但在開始銷售時很有限，各個醫學院都有採用，至八十七年一版將售罄，也不通知我一聲，馬上加刷千冊，我對此甚表不滿，沒有讓我修改的機會，我遂到編譯館說明此事，承辦人認為很有道理，教科書應當隨時革新，才能跟上時代，特飭該局免費加印新穎五章，以補其不足，但仍有許多地方不易改正，不無遺憾，記得七十六年我送稿件至國立編譯館，承辦人正好大腹便便，至八十五年出書時詢問承辦人，她的小孩好大了，她講已讀小學三年級，可知寫書要比生小孩難多了。

　　近來時時有病纏身，常常送到醫院急診室或病房中治療，年輕的醫師看到我的名字多會講，老師你好，我讀過你的書，總會細心處理，我會感到一片溫馨，但總覺有些慚愧。

註：目前醫學各科皆有醫學會，而且專家也不少，各醫學會應有編輯委員會，每年應發予各會員，該科最近進步情形，而不致落後於人後。

金圓券之災難　　　　　　　37.12

　　民國三十七年，剿共戰爭，節節敗退，一般物資短缺，各項平凡物品動輒萬元，政府為挽救金融，有人獻計改用金圓券，而且派蔣經國到上海督辦勵行，政府命令，自三十年八月二十日起執行規定1元抵流通紙幣300萬元，一銀元須幣值二元，美金一比四，黃金每市兩合二百元，迫令馬上流通且規定民間不可私有黃金、白金、銀元或美金，必須將金銀外幣結售中央銀行，換取金圓券，開始時存有黃金銀元者都到各銀行排隊兌換，但因戰事不利，對此金圓券都沒有信心，而且經國勵行打虎政策，卻打到孔令侃，蔣夫人不滿，將孔帶離上海。不到三月，物價仍高漲不停，上、下午售價不一，如白菜在上午三元一斤，下午可能需六元才成，因此人人都不願存錢，貨物也不願輕易賣出，剛改制時，我們過了一段好日子，以後菜價高漲買不起菜吃，還好學校當局以前存了一些黃豆，只好頓頓以黃豆為菜果腹，吃久了，對黃豆生厭，這一段時間，因吃維生素C太少，而患下齒槽濃漏，下齒齦一按就流濃，四十四年五月十六日到台灣去牙科診治，時久未癒，至四十四年五月十六日請惠慶元作一次齒齦切除術才好起來。

「他媽的」宴會

　　眾所周知，經國總統有三位少爺，分別是孝文、孝武及孝勇，我同孝文接觸較多，謹記他一些逸事，我國經過數千年專制體制，對領導者家年輕人，仍多以太子稱之、視之，而且一些想接近權力中心者，多半會對這些公子哥兒們，逢迎吹拍，如他家中疏於管教而使這些人驕奢成性，而不能循規蹈矩成為棟樑之才，聽說孝文勉強中學畢業，被送入軍校中訓練，因他逸樂成性，時時缺課，未能畢業，而留家中，這時台北市電力公司北區分公司恰好有缺，遂把他安插在該分公司做總經理，上任以後，對一些久欠電費高官家，不敢再拖欠，故成績不錯，可惜孝文患有第一型糖尿病，需要每天打Insulin以抑制高血糖，打針之事多由護士操作，必要時則由自己來打，在七十年五月十四日，總經理經過一天忙碌應酬，晚上自己打針休息，次日九時，總經理仍閉門高臥，一般人以為他可能太累了，需多休息，但等至上午十時，仍不開門，大家感到，可能不對，遂破門而入，發現孝文昏迷在床上，是Insulin休克，遂立即把他送入榮總闢專室治療，孝文一直昏迷不醒，使一些新陳代謝專家們寢食難安，一週之後，陪侍醫師突然聽到孝文講出「他媽的」一句話，馬上報告給醫療小組，他們認為孝文醒過來了，今天只有一句，以後一定可講許多，因此院長特設宴邀請這些

不眠不休醫師們，最後孝文終於醒過來了，但是腦部已受相當大的損傷，智慧大減，猶如五、六年級小學生，只能講些幼稚話語，以後當然不能再做總經理，也不再過問其他事情，留在家中休養，但仍然我行我素，討厭接近醫師。

這情形一直到七十七年九月二十三日，因頸部腫大，送來醫院看病，一進門，只聽他講「ㄇㄚ　ㄆㄧ」「ㄇㄚ　ㄆㄧ」不停，拒不張口，無法檢查，到二十七日他接受腸阻塞手術，上全身麻醉，邀我再去檢查及作氣管切開術，發現下咽部已長滿相當大的腫瘤，立做切片檢查，證實為末期下咽癌，且有頸部轉移尚有肺結核及糖尿病，已不能手術切除，擬用放射治療，氣切口插用塑膠套管送回病房，自己拔掉靜脈注射管，且向護士小姐要煙抽，一會又要冰淇淋，否則要殺掉她們，時時握拳打人，十二月六日摔了一跤，下肋有骨折，可能有骨轉移，他大聲喊罵要拔掉氣管插管，十二月二十九日鄭副院長召開治療會議，放療已照了4180 Rad不見好轉，化療醫生認為此時再作化療會生疼痛黏膜炎而不宜做，七十八年一月十三日全身痛，食慾差，十四日是他生日，他叔叔緯國請客，十九日又感全身痛，萎縮床一邊，七十八年一月六日是春節，他尚知今日過年，向護士討紅包，一月十九日患肝炎，血壓降低送入I.C.U.，二十七日左半身背痛，不思飲食勉強餵下，肚脹難過，二月七日黃疸加重，身體虛腫且嗜睡，Bilirubin升至三十，血中也有Psudomonos，四月三日臉發褐，肚膨大，無反應力，陷入昏迷，四月十八日去世。

滯留香港愛國人士抵台　　46.8.4

　　中共霸佔大陸後，一些反共人士到了香港，有一些被鄉親認出，仍遣回原籍接受審判，但不願回歸老家，外國也無處可去，結果集中在香港調景嶺居住，經過了一段時間調查及聯絡，最後一批反共人士由香港到達台灣，其中有父親好友孫新科先生及年輕的閻光華先生，閻先生後來分發到木柵考試院工作，孫先生到宜蘭魏善交教育局工作，後來魏調至南投，孫也調至南投當魚池鄉小學校長，也曾找女人結婚，希望留一後代，但因年紀較大，對象是一位已有兒女的女人，孫後來因病去世（七十一年四月二十二日孫突暈倒死去），也未留下自己一子半孫，據說他在大陸安陽時，有一對漂亮兒子突然死去，傷哉！林州市旅台人士約百餘人，時常聚會談鄉情（圖213-3）。

炮轟金門

47.8.23

　　中共竊據大陸後，蔣總統帶了國民黨要員及部分國軍播遷台灣，並在接近廈門地方固守金門小島，但毛澤東總想併吞台灣，統一中國，首先要把靠近的金門收為己有，經過多年準備，於四十七年八月二十三日集中全力，攫取金門，一個小島，竟轟來五萬發砲彈，幸賴已在地下築有防禦工程，只要走出來很難倖免，金門總參謀長趙家驤將軍，副總司令是抗日放第一鎗的吉星文將軍當場殉難，共軍雖有部分部隊攻上金門，但皆被守軍殲滅，而未成功，後經美軍援助，用小艇適時登陸救助，終獲最後勝利，如果此役失敗，台灣一定不保，砲戰後金門到處都是彈殼，它是相當好的鋼材，鐵匠用之做成菜刀，十分鋒利，名噪一時，想不到作戰會給金門帶來一些財富。

我國被排出聯合國

60.10.26

　　第二次世界大戰，為了維持永久和平，遂在美國紐約成立聯合國，由各國出錢，並派代表參加，我國當時算是戰勝國，不僅派有代表，且是聯合國理事會常任一員，但不幸大陸被中共吞噬，我們被迫撤退到彈丸之地台灣島，中共既然霸佔大陸，也虎視眈眈想進入聯合國排斥我國出來，開始時並不被其他國家接受，但是中共已有大片土地，不能永久忽視，去年九月美國總統及國務卿季辛吉到歐洲開會，要回來時季辛吉突然失蹤，後來證實到了大陸西藏也把尼克森接去大陸訪問，受到毛澤東、周恩來盛大接待，今年開聯合國大會討論中國代表權問題，結果中共多贏了四票而進入聯合國，我國只好撤出，當然一肚子不高興，台北街頭還來了一次大遊行，手執標語是「反對中共進入聯合國」毫無用處，我們在台灣雖被聯合國排出蔣總統仍對國人宣佈「處變不驚」，努力發展經濟，不數年，我國人收入增加而成富國，大陸在毛澤東統治下成立人民公社，土法練鋼，使人民窮苦不堪，只等毛死後四人幫被罷除，鄧小平復出加以改革，經濟才慢慢轉好。

馬屁豈能亂拍 40.11.2

　　近來調至台北市婦幼醫院見習，才知此事，老總統次子韓國太太石靜宜女士懷孕，其預產期是十一月二日，為了早生幾天，可以同老總統同日出生，以使老總統歡心，其夫人早些住入醫院吃迎產藥，但不幸胎兒因此致死，她是高齡產婦，前三次皆未成功，這一次又告吹了，凡事不能強求，奈何誰！一切事情要順其自然才好。

台北反美運動　　　　　46.5.30

　　美國是世界強國，對弱窮國家量力扶持，大陸淪陷，政府播遷台灣，美國也防共黨強大擴張，對台多所援助，且設立美軍顧問團，派有顧問在各類部門協調，而給予適當援助，這些顧問們常駐國外因有海外加級，待遇較好，且有權勢，不免養成驕傲習慣，而為別國人看不慣，在五月底一位上士雷諾茲槍殺了一位時常同他打交道的劉自然上校，事情發生後美方自組法庭審判，認為雷是因自衛殺人，講劉偷窺他太太洗澡而生衝突，遂開二槍把劉打死，且儘速把雷上士遣送回美國，這樣處置許多國人不能認同，一些激進者唆使且擁促劉自然太太懷抱幼兒手舉招牌上寫「殺人無罪」至美使館前抗議，叫哮還公道來，警務處長樂幹？來勸說，被群眾鬨跑，而且得知雷已返美，群眾激憤衝入大使館，打毀許多東西，且撕下美國國旗，後來經多人周旋，才和平落幕，有人說詳情是雷諾茲曾偷盜了一些衛生器材託劉變賣，劉知雷將回美國，遲遲不給劉錢而釀出此事。

　　另外大家都知道在四〇年代，二八年華品學兼優王曉民，就讀一女中，品學兼優被選入儀仗隊，上學途中為陸軍車撞傷而成植物人，一直留家中扶養，她生命力很強，父母親先後死亡，她依然仍為有氣植物人，今年六十歲，昏迷四十三年，她的母親多次請求讓她安樂死而不准。近住在崇恩集團安養院中由妹妹照料，可憐呀！！

李師科初搶銀行

　　為盜為竊，都是想以不正當方法增加財富，存錢最多的地方就是銀行，直接從銀行搶錢最方便，但是銀行的看守較嚴，不易得手，非利用特別方法才行，李師科看準這一點，處心積慮想搶銀行，籌劃了二年六個月，才做此案，他是一位計程車司機，夜晚在教廷使館前看衛兵打瞌睡，他以自製槍打死衛士，把李勝源的手槍帶回，其他也準備妥當，於七十一年六月八日戴手套及手槍到羅斯福路土地銀行古亭分行，在疏防之時，跳入出納處搶了現金五百四十萬元，而安全回住所，這是台灣第一次搶銀行事件，政府相當重視，為求迅速破案，警方特懸賞二百萬為破案獎金，二十三天後一名外型酷似李師科的計程車司機王迎先被人檢舉，遭到調查小組逮捕，可能遭酷刑被迫供稱搶銀行，送在指認現場模擬過程中，跳下秀朗橋而自殺冤死，給貪功的警察抹了一臉灰，而在王跳水的同時，真正搶匪李師科在和平西路的住宅內被台北市警局刑警逮捕，罪證確鑿。

　　李師科把搶來錢放在床下，很少花用，僅取出十五萬元買了一部電視機及電鬍刀，他有一位朋友比較窮，兒子求學成績很好，頗為李師科欣賞，有時繳不起學費，時獲李的資助，他把搶來錢放在三重此友人家，可隨意花用，友人此後花錢比較大方，啟人疑竇，被抓去詢問，而得此線索，人贓俱獲，無從抵賴，這個案子速審速決，李師科不久就被槍決。

　　不過李師科在行刑前談了幾句話，耐人尋味，他說：「我沒錢花，找公家銀行找些花，不傷大雅，那些貪污舞弊者，或政策錯誤，動則花掉公款千萬或上億元，使許多人家破人亡，而未給予大懲罰，是否有欠公道呢？」事實上確是如此。

　　自此案發生後，搶劫銀行之案，時有所聞，近則變本加厲，竟攜槍搶劫運鈔車，而把押車保全人員擊斃，小案也層出不窮，沒錢花用則到全天開門超商店去搶錢，道德淪喪亦至於此，慟哉！二〇〇五年二月二十四日報載英國銀行被劫五萬英鎊，合台幣二十八億五千萬元，搶匪偽裝警察，綁架保全人員經理及其家人，從容搶搬了一小時，世風日下到處一樣，奈何！！

老弟樊創成

　　樊創成別號老弟，因其人長的較矮且純樸之故，是國防醫學院醫科四十六期畢業，班友七十二大賢之一，在國防醫學院院史中四十六期是承先啟後之一班，且是來台後畢業第一期，前面的學長們仍大半留在大陸，我們在學校是各班的老大哥，以我班後來命運來談，不幸者比較多，服役較先而升級落後，在投考時曾規定畢業後以上尉任用，卻降為中尉，無人可以理論，老弟是河南省臨汝縣人，生逢亂世，避難陝西，因勢乘便，在抗日勝利前改上軍醫學校西安分校醫科四十六期，在當時，我們算是幸運的一群，一進學校，生活問題馬上解決，更難能可貴的是國家給予了我們受高等教育的機會，後來歷經內亂播遷改制，淘汰去不少，尤其當（ㄅㄤˋ）在生化、細菌及生理最嚴苛時期，老弟都能闖關過來，足見老弟有不錯的智慧，將近畢業之時，老弟患了終生不癒之症，此症不要命，而使老弟趨於極度消沉，他感到將來不能承擔軍醫之責任，曾於四十年五月十二日自己吞安眠藥十粒，昏睡十時即送入松山精神病院住一段時日。

　　我們在學校後期要到台北廣州街801總醫院見習，但該院沒有見習醫師住所，臨時借用醫院附近老松國小幾間教室，而且是二層床分上下鋪，他在上鋪我在下鋪，故互動較多，有一天

他感到有些不妥，他和幾位同學到手術室看俞時中主任為患者做骨折後復位手術，施以全身麻醉，當時尚無專任麻醉師，由外科住院醫師輪流操作，這次由張西京醫師滴乙醚，乙醚滴在包繞鼻部的紗布上，布上手指因冷而麻，手術中不時需照 X 光調整骨折位而使室中變暗，張大夫滴藥無法控制，可能滴的太多了，等手術完成病人醒不過來，使大家都很失望，而老弟認為因為他來看此手術而致，以後他就不再進入手術室。

他時感人生乏味，又搜集了一些安眠藥，找了一個月圓晚上，攜帶水壺想找一個環境幽美地方，自我了結，他想到植物園中有花有草，但是必須穿越廣州街，要經過中心診所門口，當時趙彬宇學長新婚不久，住在中心診所門口租屋居住，老弟無意中遇到趙大嫂，心中不安，因此他不去植物園，回頭直走到淡水河邊，當時河邊也有許多小草庵，以供補魚者暇時休息，他挑了一間進去，正要坐下，要開水壺時，忽聽見附近窸窣作響，一條蛇突然竄出來爬出去，把他嚇了一跳，仔細想想，也許命不該絕？我們在寢室中一夜沒見他回來，分頭去找，毫無蹤影，急著想去報案，將近中午，才見他蓬頭垢面回來，大家虛驚一場。

老弟斷斷續續的見習，他的正式畢業晚了一年，被分發到高雄總醫院當住院醫師，分給他的病人根本不作任何處理，後來四十三期學長張醫師自報奮勇和他分成一組，分領老弟工作，結果他連病房也不去了，後又調到檢驗室，依然吃睡不理正事，由於他無法照顧病患，甚而自顧不暇，只好被送入北投

精神病院，王丕延曾問他，他最大的希望是什麼？他說：「希望能返家」，但在當時是不許可。後來國軍把所有精神病患者，集體轉至花蓮玉里，住了好長一段時間，本班許多學長如于俊、王竹林、李松年、范慶祖等。如有機會到花蓮都會到玉里看看老弟。

　　大陸開放探親後，李松年通知老弟姐姐，特到台灣玉里來，看他孤單一人，十分憐惜，有意把他接回去，次年辦好一切手續且領了老弟退役存款把他接回臨汝，他姐夫、姐姐從事教育工作，在汝州市農校附近找一空地蓋二層樓房，樓上有廚房、洗手間，以後大部分時間住樓上，開始幾年還不錯，可以在附近散步笑口常開，以後腦力較差，九十年我曾到他住處探望，勉強認識我，但已相當瘦弱，於二〇〇三年二月病故，老弟有此晚景，也算不錯了。

劉大個二三事　　　41.8

　　本班劉琤琨，山西人，因為他身高將及二米，大家稱之為大個兒而不名，同我有緣，被同編一桌上課，當時適修生化萬昕教授課，這位教授脾氣古怪，走上講台馬上關門不可再進入，因此上生化課都不敢遲到，在考生化期考時，他親自監考，大個應酬交際不錯，唯記憶力差一些，在考試時，他不時偷瞄我的試卷，萬教授看在眼裡，默不作聲，而記起來，等試卷繳上時，我倆均以「0」分計算，期考以後兩相平均當然不及格，幸好補考過關，大個尚有別科連累而未過關，後來也至醫療機構工作。

　　當我們被迫由上海遷到台灣，人多沒有教室上課，每天無所事事，有人提議，不如先到久已聞名日月潭一遊，我們一夥卅餘人帶了伙夫同行，坐火車南下，到二水轉乘小火車東行，好像在名間停一下，車再開時，大個沒有趕上車，當時他感人地生疏不能落單，遂拚命沿車道追趕，下一站是集集，他竟然趕上來，不小心摔了一跤，面部碰在地上小土石，而致臉上有許多小傷口，晚上住水里，找診所把傷口包紮一下，雖然臨時變成貼滿紗布白大頭，次日還是一齊遊日月潭，之後在臉上留下不少青色條紋，追趕火車豪舉，也是空前絕後，令人津津樂道。

　　住在台北，出門多坐公車，如能有腳踏車代步，比較神氣，大個經濟比較寬裕，遂買一車代步，四十一年六月十七日

出外購物，議價時，車子被人騎走，大個隨後借了一車追趕，跑遍台北未有所獲，大個心有不甘，回去吃了飯，再進入各街各巷尋找愛車，實非易事，窮追一天，後來在延平北路見一人推兩台車，一車且換了輪胎、牌照，其他舊跡仍存，他跟蹤他到一車行修車，仔細再看看，準是自己車無誤，即先報警，株候三小時，才有人來取車，抓起送警，才將愛車帶回醫院，能在台北人海中找回車子，實非易事。

活動房屋

39.2.4

　　名為活動房屋，它不會動，也不像在美國可以拉動的房子，而是在學校遷到台北後，人多房少，大家擠在大房中一起住，毫無隱私，幸賴盧院長到美國募到一些長寬丈許起伏的鐵皮，連接起來扣覆可作屋頂，下邊則為磚牆，只有二層，下一層同一般房屋一樣，上一層全為鐵皮包繞，故名為活動房屋，當時本校眷舍蓋了幾棟，801總醫院也有二棟病房及部分醫師宿舍，住的比以前寬鬆，住入其中，遮風避雨，絕無問題，冬天尚可，但到夏日來臨，鐵皮不斷吸收熱能，屋內溫度不停上升，一下可增高3-5度，使人吃不消，當時部分年輕醫師住在其中，我由嘉義調回台北，也被分配其中住了一段時期，酷熱難擋，曾買一小電扇吹涼一下，過了一段時間，背部全紅長滿了痱子，以後國家經濟好轉，遂逐步拆掉改為水泥建築，以後再也看不到這活動房子了。

註：該屋又名鐵皮屋，比較貼切

我們應當有世界語才可促進世界大同

　　語言是溝通感情重要工具，其中言語更為重要，語言的形成，是居住在一地方的人，認同發出不同聲音代表什麼意義，意見一致後，就成了當地的言語，也就是該地的方言寫成同聲文字，遼寬的大地，因為海洋及山川阻隔而形成許多方言，不下千萬種，但是有一種趨向，如果國勢強大者，採用的人較多，我國在春秋戰國時，各國語言多不相同，秦朝統一後，實施書同文，語同音，以後才成強大國家。民國成立後，在廣大的全國各地勵行國語教學，目前在新疆、青海、西藏深山中，都講國語，溝通不成問題，放眼世界，以英語通用最廣，我國和許多國家中學，把英語列入主科，因為英國前些時候，國勢較強，文化發達之故，熟悉英語，不僅可以暢遊許多地方，另外許多新奇智識也可增長，但是英語是不是最好語言呢？

　　言語之轉變，是慢慢流傳下來，因此會有特有文法，像我們所說「我是，你是，他是」，英語會說成三聲「I am, you are, He is」，動詞有時要變化，不同名詞用不同冠詞，為何不能簡單化呢？其他國語言也因不同文法限制難學，當然也有一些比較進步國家，在世界大會中，也同時配上意譯風，但不可能完全明瞭，目前大陸擴展勢力，近於強國之林，因此也有許多國家要學國語，但是國語是不是最佳語言呢？一般來說也是相

當難學，我們有聯合國，有人提倡成立地球村，為什麼我們仍用許多意譯風，為什麼不製做世界語呢？不可諱言，全球上有不少優秀語言學家，為什麼不把他們邀集在一起，打破原在國樊籬，製作一套簡單易學沒太多麻煩文法的世界語，請世界各國通通採用，各地方的人，除了原在地的方言外，都會說統一的世界語，走到地球世界任何地方，都可通用，全球沒有陌生之人，才有機會可以達到「四海之內皆兄弟也」的目標，世界上任何宗教、任何人都是愛好和平的，因為意見不合，才有衝突，如果語言統一，容易和解，絕不能一直以戰爭方法統一世界，你殺我，我打你，沒完沒了，最後通通亡於原子彈下，聰明的統治者們，為什麼不以選用通行一種全世界應用語言，互相和解呢？目前世界上只有二句世界語，就是單手擺動，口講bye、bye，男女老幼皆能懂得，為什麼不能多一些呢？另一是OK。

　　曾記得在一九四五年，我在西安書局中已有提倡世界語的書籍，大戰後反而看不到了，一個人能熟悉二種語言絕非難事，為什麼我們聯合國不試試呢？？？

盧光舜官運不通

　　人人都有奮發向上升官之機運，好像命中註定，不能強求而無後果，盧光舜老師在抗日時由湘雅醫學院畢業，學養俱佳，口才流利，英文尤好，先分發至重慶陸軍醫院服務，勝利後調往上海陸軍醫院也就是國防醫學院的前身，大陸淪陷，於三十八年遷台，幸賴陳誠將軍卓見，特派安達輪分三次把該院師生和大部分器材都運來台灣，國防醫學院各級人員運用了那些設備進行教學及研究工作，從一個破爛大禮堂開始，慢慢尋求發展與擴充，成為培養新軍醫幹部的搖籃，後來又獲得美國援助，成了一所很有規模軍醫學府，三十年來造就了數以千計的醫護人員，民國三十九年盧師被派往美國麻省總醫院進修，擔負發展胸腔外科責任，歸來後費了千辛萬苦使該科邁入國際之林，當時胸結核病人很多，盧師日以繼夜工作，手術數目在世界名列前茅，台灣的醫療以往多屬德日學派，同美國略有不同，而且有些語言隔閡，由於盧致德院長建議，以國防醫學院的班底，於四十八年在台北市北投區一片空地上建立了榮民總醫院，申購新穎器材，派員赴國外進修，不久成立了新的院學中心，中央要員多喜到新中心醫療，盧仍兼榮總院長。

　　國防醫學院創始人林可勝院長，因他不諳國語，公文批示，尚需翻譯幫助，十分不便，學校遷台後，他又赴美講學，

院長之責整個由盧致德副院長承擔，他不僅把學校整理就序，且將榮總設置成醫療中心，當時蔣老總統年事已高，時有不適，故由榮總特設醫療小組處理，由神經外科王師揆領軍，當然也包括各有關各部科主任，盧師也是成員之一，當時外科最強，因張先林主任曾為陳誠總長治療好消化性潰瘍，頗受依重，外科中人材濟濟，且尚有輔佐三公，一為一般外科文公忠傑，二為骨科權威鄧公述微，三為胸腔外科盧公光舜，盧公談話犀利且有風趣，英文又好，頗獲蔣夫人及經國先生賞識，他同經國院長屬下救國團宋時選主任十分要好，該團在島上風景優美各據點，如墾丁、金山等，皆邀盧公帶榮總醫師去遊覽住宿，除外科各主任外，其他科主任也可由盧公推薦一齊去，我也承蒙不棄，也叨擾數次，有一次因大雪困在中橫公路松雪樓，總統醫療小組也時時跟隨總統到台灣各地參訪渡假，也乘便決定一些國家大事。

　　盧院長兼任榮總及國防醫學院兩院工作，相當辛勞，年齡日長，經國先生勸他可以分一些工作給僚屬，只做榮總院長好了。此風吹出，想不到軍醫界一些高層人士對醫學院長頗有興趣，首為軍醫局長楊文達，他因長期只作衛生行政，想換跑道，但年紀較大而被判出局，鄧公也頗有意，特別由醫院調至學校當了一年教育長，以熟悉院務，但也沒有成功。盧公卻在總統在明潭渡假時節，說動了經國院長想作國防醫學院長，而蒙恩准，歸來後，於六十一年十月由賴名湯總長發文至學校，盧院長對此事頗感突然，但也不好反對，並在紀念週上對學生

們宣佈，不久將有新的盧院長來領導各位，我在此位置工作太久，需休息。但心中不太滿意，盧致德院長，留學英國，原屬老總統醫官，感情深厚。此事發生後，老總統恰至榮總體檢，看到盧醫官悶悶不樂，問有何事，盧稱此時尚無意放棄學校未竟事業，老總統即令總長把任命再收回，此事遂作罷，總長發出任命再收回，很少發生，但對盧公心理上打擊相當嚴重。

　　不久在榮總附近擬借國防醫學院輔助，成立陽明醫學院，盧公對此醫學院頗感興趣，他對該院初建，參讚很多，如有出國機會，也會到各地有名醫學院參觀以作借鏡。據說經國先生曾詢問盧公如何辦好醫學院，他回答說醫學院應先合併榮總一起開發，而未獲上峰同意。六十四年院長發表後，竟是國防醫學院醫科四十九期同學韓偉博士，他到國防醫學院讀書是自費，畢業後曾到美國費城大學攻取生理學博士學位，有心人就以院長應有博士學位杜絕了其他人升官之路，盧公又蒙一次打擊。

　　六十九年，榮總改組，盧公當時是外科主任，擬升任副院長，他認為工作行政多年，上峰關係好，應早升院長以一展長才，而遲遲不就任，但也不可長此僵下去，經國先生大將且同盧師要好者如李煥部長及宋時選先生來打圓場，希望盧公先作副院長一年，熟悉各項業務後再當院長，才可得心應手，鄒濟勳院長雖表示同意，但心內不悅，每次院務會議中重大事項決定，皆先詢問副院長意見，不久鄒院長心臟不適住入院中，院務由副院長代理，盧當時精神奇佳，一早來到院中到處巡視改良，可惜好景不長，忽發現痰中帶有血絲，經檢查有癌症細

胞,為了確定,將痰又送至台大醫院檢查,確證無誤,盧公心情跌至谷底,此時我同羅光瑞主任恰到病房探視鄒院長,他聞此事後,只說了一句話「人算不如天算」,病也好了一半,不久回院長室工作。盧公也曾到美手術治療,但已有轉移,歸來後,患病日趨嚴重,於六十九年十一月二十日與世長辭,不亦慟哉!

盧公沒有升官之命,凡事不可強救,事例很多,經濟長材尹仲容先生發佈為財政部長後,而因病住院,一病不起。李登輝擔任省府主席,擬由軍方挑選一位高級軍醫,來當省衛生處長,選中空軍軍醫處長何亨基升任,何很四海,友人連續歡送,飲酒較多而突致中風,不克上任,後由海軍軍醫處長關定遠撿來衛生處長當當;但陳水扁競選台北市長失敗後,而能選上總統,命運之擺佈能不信嗎?

會說話的鳥

　　以前只知鸚鵡會說話，到台後才發現有全黑紅嘴比麻雀大烏鴉小一點的鳥也會說話，因為外觀不漂亮，價格便宜，養的人家較多，只要對著它教幾句，它立刻就能重複，為何名為九官？據說當初一位廣東人帶此鳥到日本去，他不懂日語，入關時被問道此鳥何名？而他以為關員問他叫什麼，他回答「九官」，「九官」以此名進入日本，深獲日人喜愛，大量繁殖，充斥許多家中，以後此鳥以九官名重返回中國，國人則以新名名之，許多公園門口為了抬聚人氣，門口多掛鸚鵡、九官鳥籠等，我們曾到南投竹枝山鳳凰谷鳥園參觀，有一隻鳥居然會喊「中華民國萬歲」六字，十分清晰，難得！

短命張嵩

　　長子張嵩，（圖214-1、2，205-5）出生於一九六二年一月二十七日於台大醫院，小時住在國防醫學院後面學人新村，稍長即到離家不遠私立新民小學幼稚園及小學讀書，畢業後進入南門國中讀初中，一九六六年考入公立高中不理想，進入私立新莊辭修高中。當時風氣，許多人都想送子女到外國讀書，恰好有位鄉長徐哲甫先生兼任入出境管理局主任，請他幫忙托詞到美國治療過敏，才送他到美國紐約州他舅舅處，嵩兒在家生活懶散，智慧略差，俗稱少根筋，遇事不能妥善處理，住在別人家造成許多不便，管教都難，本想送入私立中學如Kent School，但學費每期八千六百美元，住校費一千七百美元，尚要求樂捐少許，當時美元是一：四十，每年要花九十萬元，當時對我來講負擔不起。至一九六七年九月，淑玉到洛杉磯同學家中，接到榮熙舅舅電話講張嵩住他家，把家中原訂生活秩序搞亂，如不能到私校去讀書，可把他接到西部去，嵩兒當即接送到洛杉磯淑玉同學家，十月買了一間三十四年舊屋給他住，且轉入附近小學讀書，六十九年我赴美開會，特去看看他，正在放假時，我們一起到舊金山同鄉王大成家，又東到紐約及Albany一趟之後，我到Baltimore開會，他回學校去。美國小學是義務教育，功課輕鬆，但在美國地方遼寬，有汽車代步，才

能行動自如。嵩兒渴望能早些開車，年滿18歲即可學駕駛取到執照後，才可開車，他是六十八年六月九日騎腳踏車去教練場學習，有一次歸來時，在路上為一女生駕小車猛撞，一下跌至車外尺許而昏迷，肇事人馬上開車逃脫，還好遇好心過路人送入附近醫院急救，診斷為腦震盪，所幸沒有骨折，僅下腿有幾塊滲血創疤，其他情形尚好，因恐有腦部後遺症，給予mysoline口服，受傷治癒後仍可繼續讀書，畢業後順利考入Fullertone Colleage讀生化科學，不久也考上駕照，買一輛Mustang跑車供他使用，這是他最得意一段時期，出入有車，有書可讀，總不勉有些孤單，車禍後四年，一直不錯，我想是否停用mysoline，誰知這是最大錯誤，沒有好久，他有電話來說，最近時有抽筋情形，駕車外出，幾乎撞倒別人，因此讓他不要再開車，速找神經科醫師診治，mysoline已不發生效用，又試用其他藥物，效果不顯著，最後改用Tegretol慢慢加量，但是仍不能完全抑止，在緊張時，仍會偶發，這時他已由專科畢業，成績不佳，他也不願依此學歷找事，這時台北榮總神經外科施養性大夫正研習以外科方法把顳葉敏感區切除治療癲癇，可減少或不再服藥，我把張嵩接回台北，先做長期腦電波診斷，認為可行，於七十七年一月十一日手術，手術後仍給予少量內服劑，但在二年後，仍繼續發作，又改服足量Tegtrtol，另外他也患上家族性高血壓，甚而加上了糖尿病，口服藥不能控制，需打Insulin。

　　張嵩後來混了一張加州藥師助理執照（相當中學畢業學歷），他在加南地區許多醫院及藥局遞出不少申請書，筆試通

過不難，但因未曾工作過及應對不得體而未被收錄，後來回台北，為中心診所藥局勉為收容，在其中工作一年多，但他認為工作地點不好，於二〇〇二年仍要回美國找事，但依然找不到工作，二年來閒居家中，有時到教會中做一些勞力工作，或到附近醫院中做義工，二〇〇四年，淑玉把自己房子賣掉，他才隨母親一起回台灣來，他不願再回中心診所工作，在台需要不少教英語的老師，他也興趣缺缺，而在陽明醫院每週做二節義工，以及在暑期中也以義工方式教了幾位無心學英語的內湖國小的小學生，都非正式工作。在二〇〇五年三月中，他時感夜間腹痛，起來到冰箱中找東西吃，會好一些，很像消化性潰瘍症狀，但做胃鏡檢查很好，五月十日，他又急著回美國一行，住在教會友人家，不到一週，卻發生急性腹痛及嘔吐，人家只好送他至附近惠賽爾醫院急診處理，最初檢查懷疑是胰臟炎，吃藥打針穩定下來，因醫藥費太貴，回家休養，但隨即又有急性發作，又被送入醫院中，此時可能有腸阻塞現象而需手術，在美因無醫療保險，費用很高，遂讓淑玉趕赴美國儘快接張嵩回台治療。

淑玉於五月二十三日到美，二十八日帶嵩兒回來，馬上住入榮總，再經檢查可能患胰臟癌併發腸阻塞，六月八日剖腹檢查，發現腹腔中多處長瘤腫，雖以胃下端接入小腸中，但腸阻塞並未減輕，不能飲食，僅靠靜脈注射，營養有限，終於七月六日下午五時辭世，他信基督教十分虔誠，絕不做任何壞事，不說謊，每飯必禱，之後宣教會王先生為他主辦告別儀式，十八號火化後，葬在陽明山岳父母墳旁一小塊三角地帶中。

百年老樹一勁枝

　　民前一十年（1902）前，當政者訓練新軍，鑑於軍隊保健之重要，乃在天津創立本校前身－北洋軍醫學堂，後經時事演變，校址也隨之迭次搬遷，由天津、北京再到南京，至二十六年（1937）抗日戰起，再由廣州、桂林而到安順復課，在戰亂中，救死扶傷，需大批醫事人員，於二十九年（1940）起，遂把招生日期改為春秋兩季，且在西安設立第一分校，昆明設立第二分校，由醫科三十九期至四十六期均在此期限內，直至三十五年（1946）抗戰勝利，各分校也同本校相繼合併，遷回上海江灣而恢復舊制。直到三十八年（1949）大陸沉淪，播遷台灣迄今已有五十三年，本校曾易名為陸軍軍醫學校，至三十六年（1947）又經改組為國防醫學院，實質上仍是一脈相傳，迄今已屆百歲，畢業校友分散服務於軍中及國內外各處，醫科四十四、四十五兩期進修學業，只差半年，後來督促四十五期學生加緊學習，以便同四十四期同時畢業，當時僅有一半隨校遷台，多半同前期學長們流落大陸各地，而四十六期則是在台首屆畢業班次。

　　後來，本校在台灣經盧致德院長慘澹經營及續任院長精心擘劃逐漸成長茁壯，成為重要醫學院校，其中大學部有醫、藥、牙、護及公衛系，另有碩士班研究所十五個，除了有關各

醫學部門外，又加海底及航太研究：博士班有醫科所及生科所，共有學生一七一一人可謂洋洋大觀。而在大陸方面，中共雖成立了多所軍醫大學，其中第三軍醫大學就在上海江灣原校址，許多校友們也是該校中堅份子，但是他們另改正朔，不同本校有所瓜葛，而流落在大陸醫、藥、牙、護、專科部各位學長們約有近二千人，正如缺乏營養枯枝，日見凋零，以醫科來講，大陸最年輕學長是四十五期同學，他們都已接近八十歲高齡，本人屬四十六期，原在西安第一分校入學，學生們都是住校生，朝夕相處，同上下班學友們多半相識，對四十五期馬肇嶸學長已有印象。

本人故鄉是河南省林縣，退役後，可以回去探親，有飛機直飛河南省會鄭州市，在此我每次回去都會去拜訪二位學長，其一是醫科二十七期董民聲老學長，他和我是同行而道行較高，他是河南省耳鼻喉科泰斗，是他一手提挈河南耳鼻喉科蒸蒸日上，在河南所有耳鼻喉科醫師都是他的門生故舊，唯年事已高，不幸於前年往生，不過，他的女兒董明敏醫師，已被他培訓成河南耳鼻喉科龍頭。另一位即醫科四十五期馬肇嶸學長，是眼科翹楚，曾到美國哈佛講「靈芝對視網膜色素研究」，深獲好評。他對校友們十分熱心，凡有校友到鄭州的都會熱誠招待，而且對在台母校相當嚮往，後來他得知八十八年（1999）要在台北舉辦第四屆世界校友大會，遂向大陸各大城市的校友發出通知，凡是願意參加這次盛會的校友，請告訴他，以便一起組團到台北來，開始報名的人很多，最後僅剩下

十餘位，其中有住在武漢的專二期江斌學長，曾在江灣做過總隊長，曾不斷寫信給校友會崔秘書，要來拜謁盧致德院長靈位及與周美玉系主任暢談，只可惜手續辦至最後一關，因缺少畢業證書作為校友之證明而功虧一簣，純是辦事人搞鬼。

八十九年（2000）十一月校慶時，楊建芳會長宣佈二○○一年是學校百年校慶，同時舉辦第五屆世界校友大會，擬擴大慶祝，並希望分佈世界的校友，都能歸國共襄盛舉，當時曾提起大陸有校友願意前來，楊會長甚表贊同，後來立即轉告馬學長此項信息，他又發出三十餘封信函轉知大陸各地校友們，但是大陸校友已多屬老弱病殘，很少反應，到去年八月底才確知只有三位大陸校友可以前來，楊會長深知如以校友名義辦手續困難重重，特透過另一管道邀請，結果只有馬肇嶸一人可以前來，可謂空前創舉，以後也恐難再有此例，值得慶幸。

依照馬學長申請行程，遵楊會長所囑，我於去年十一月二十一日晚到中正機場接機，至8時50分左右，才見一位體格魁偉，滿頭華髮長者推車出關，這正是我們渴望的馬學長出現了，相互高興莫名，當即驅車駛往圓山大飯店，馬學長看到如此宏偉建築，設備豪華，一定所費不貲，堅持明天要轉至便宜地方居住，經楊會長予以說明，住在這裡比較方便，不久開大會時有專車穿梭接送，而且這裡費用可由校友會承擔，他才怡然住入7樓43室，二十二日曾帶他到石牌台北榮總參觀，該院在本校全力支持下於四十八年（1959）成立，並在故學長醫二十二期鄒濟勳院長艱苦卓絕、精益求精銳意經營下，已成為

台灣重要醫學中心之一，並到公關室看多媒體榮總簡介，藉以明瞭台灣醫療概況，之後又到眼科門診瀏覽一番，晚上參加北區校友會夏菊玲女士迎賓龍蝦大餐，才回房休息。

去年十一月二十三日馬學長由圓山飯店搭專車至內湖校區報到，並參加專題演講，二十四日上午舉行校友大會，這次校友報到的有一千餘人，濟濟一堂，由國外返國的將近二百位，其中以美國前來最多，有一百多位，其他有加拿大、香港及馬來西亞回來的，且由德國來的兩位，當楊會長宣告由大陸前來慶祝百年校慶有馬肇嶸學長一人，全體熱烈鼓掌歡迎這位起立的老學長，下午，他參加眼科討論會，晚上在醫學院一樓中庭參加校友聯誼晚會，盡歡而歸。二十五日他應同班在台校友之邀，中午聚餐，互訴衷腸。大會結束後，二十六日起安排他參加阿里山、日月潭中部之旅，日月潭被列為中國十大名勝之一，值得觀賞。三日歸來後，住入本班周樹堯學長家，他已寄居美國，這次單獨回來至大陸旅遊，暫回台小住，正好相伴，而且也同高護八期馬肇崙堂妹相見，暢敘離情，且同遊陽明山及參觀台北附近名勝古蹟，終於十二月五日晨，順利飛返鄭州。

馬學長這次蒞台，當然以慶祝母校百年校慶及參加第五屆世界校友大會為優先，且能同半世紀未謀面同班同學及堂妹聚首聯歡，遊歷了台灣阿里山、日月潭美景，總算不虛此行，最後以歪詩一首結束此文。

創校百載數度遷　　西遷學子逾萬千
孤老東飛來祝賀　　源遠流長萬萬年

奇妙的房屋裂縫　05.4

　　民國八十五年，屆齡退休後，離開公家醫院，搬住天母東路69巷之房子，本來地基不太好，書房外窗左側有一裂縫，不太嚴重，前四年，天母東路與忠誠路轉彎處本有一片空地，富邦集團買下蓋樓房，請日建築商華大成公司修建，該國公司小有名氣，在修建時想以較新方式早日完成，施行向上向下同時修理進行，但是在向下至地下二層時，卻碰上地下水脈道，水流十分旺盛，只好緊急抽水，當然水中含沙一齊抽出幾噸水來，天母一帶地基多為沙質不堅固，經此抽水後，其周圍已蓋好二十四棟大樓都受影響，有的裂縫，有的傾斜，我們大樓距離工地約二百公尺，也因此屋中裂縫加大，為了確定是否與該建築有關，本大樓還請了土木工程協會前來檢定，確定原因是抽水有關。在對面公園魚池之地下水一時斷絕，池水不流，其中缺氧，水色變紅，養魚亦死，華大成慨然承認賠償各大樓損失，有的需要灌漿，有的需要扶正，我們僑資共有150餘戶，每戶先賠二十萬損失費，如有裂縫被損者，特別列出資賠償，地下大樑斷了一根，化糞池外漏，都在賠償之列，台北市議長還親自查訪一次，允許早日修復，我們獲得賠償，先把地下室斷樑修復，加以灌漿，我們後牆二吋許裂縫竟然合起來，後窗也換新的，大部分修妥，賠款尚餘一些，經大家開會討論，趁此

時把外牆修理一下，樓梯新鋪一下，九十三年初，搭起鷹架，外牆修成一致，新裝門窗，樓梯換新，修了將近一年，其實是受傷之建築，外觀頗有新的模樣，面對公園，地價頻漲，想不到得此意外收穫。近來有人稱此為拉皮手術，增加售價，頗有創意。

民主蒙羞 93.3.19

　　九十三年三月二十日又到選舉總統時期，因為民進黨執政四年，並無特別建樹，經濟、治安都不好，故在選舉前民調，國民黨領先民進黨十餘百分點，阿扁當然喜歡繼續執政，而在三月十九日下午發生了驚天動地的事，阿扁及副總統呂秀蓮在台南（出生地）沿街拜票時，突然二聲槍響，呂副總統左膝前破一片皮而流血，阿扁同車趕忙駛入奇美醫院中，阿扁腰中攜著一粒子彈，走入院中不感疼痛，肚皮上約有11公分傷口，而在上衣中找出子彈來，同時該黨也發動了地下電台廣播，國民黨同共產黨聯合刺殺總統，在這樣宣傳下，挖取了不少同情票，以二萬餘超越票當選上總統，阿扁當晚北上，不接見任何人，辭謝一切慰勞，事後探討，當時不立刻抓刺客，而且負責保護總統者，不受處分反而升官，有人成立真相調查委員會，阿扁百般阻撓，我嘗作一長聯如下：橫聯是民主蒙羞，聯語是

　　紀元前二〇九年，暴秦統治天下，弄權臣趙高，在宮廷中遍置鷹犬，遂至指鹿為馬，顛倒是非，以便誅殺異己。

　　其後二二一三載，民主民國誕生，竊國者阿扁，於朝野間充滿菁英，竟能以二粒子彈，倖勝選情，俾能濫償佞人。

　　阿扁二年屆滿，不再選總統，此時設法斂錢，由三級貧戶而成暴發戶，貪污橫行，弊病多端，國家前途可惜呀！！

撲克中國化芻議

　　娛樂在生活中，佔很重要地位，它因年齡不同，季節互換，環境大小，天氣陰晴，會隨時隨地改變興趣及需要；所謂年幼頑童，嬉戲終日，壯年時，在工作之餘要有適當娛樂以調劑身心，至老耄之年，必有玩樂，才可充實身心，娛樂與生俱來，種類浩繁，如音樂、戲劇、歌舞，棋牌，競技，登山，養寵物等等不勝枚舉，或者要實地參加，或僅需耳聽目視，無不津津有味，引人入勝，心曠神怡，疲勞頓消。但是有些遊戲，必需一定器材，足夠人數，適當環境，合宜季節，方可舉行，唯撲克遊戲，花樣繁多，人數多少不拘，精簡方法皆有，便於攜帶，老少咸宜，風靡全球，從未衰微，實為一種優良娛樂，但是舶來品價格昂貴，仿製品甚易破損，再面對一些陌生面孔，不免減少興趣，如加以改良，當趣味橫生。

　　蔣老總統在他的「民生主義育樂二篇補述」中，曾剴切指出娛樂之重要，在樂的問題中講：「一個國民在工作之餘有了閒暇，自己要有適當娛樂，才可以調劑身心愉快；庶幾能成為健全國民，他又剖析社會情形說：「在農業社會裡，一個人去工作享受田園之美，回家休息，享受天倫之樂，過年過節的時候，家人團聚，共渡良辰，一般娛樂，可以說是以家庭為中心的。到了工業社會，娛樂漸同家庭脫離，而有商業化趨勢，

特別是城市裡，群眾的閑暇，大部用在商業化的娛樂上，那些組織娛樂的人，為了爭取多數主顧，便一意迎合群眾口味，更使他們作為商品來出賣的娛樂，漸趨於低級。無論是音樂、戲劇，電影、廣播或舞蹈，甚至報紙、雜誌的文藝，在今日也不免走向低級趣味的道路。所以國家如對國民的閑暇和娛樂問題，其結果就是讓那些市儈來替國家解決，這是何等嚴重的事情。」恭讀總統訓示，靜觀我國情形，工廠日加多，人口漸集中，遂有娛樂問題產生，要如何適當解決，應由袞袞諸公研討訂定，其中已流行全球撲克牌戲為了避免流入賭博惡流中，實有值得提倡及改良的必要。

紙牌的起源學說紛紜，當第十世紀時，在中國宮廷中，已很盛行，藉以息免後宮佳麗紛爭，印度的傳說是一位聰明的太太想出來，以醫治她的許多怪癖的丈夫，埃及和阿拉伯也主張是他們發明。總之，各文明古國都有他們自己的玩意兒，慢慢經過文化交流，綜合改良，而形成目前興趣盎然形式，每付牌中分做「黑桃」、「紅心」、「方塊」和「梅花」四類，每類13張其中一點由「A」代表以及從2-10之數目字，另有JQK三張人像，亦即「武士」「皇后」及「國王」，另有JOKER二張，這些人像都是西洋史上的英雄和神話上的人物，對我們不甚熟悉，我們可循既定原則做各種遊戲，總缺乏親切感。我國有五千年輝煌燦爛的歷史，崇高偉大之文化，歷代聖賢豪傑，史不絕書，英雄義士，層出不群，僅依歷史順序，相當於牌類中大小之順序，選出十餘位民族英雄來，以置換原有人像。茲將需改革諸張分述如下：

　　牌中之K是國王，以「王」取代「K」字。黑桃王敬用黃帝，據史記所載，他生而神靈，成而聰明，習用干戈，討伐暴虐，造指南車，大破蚩尤，諸侯賓服，統一中華成為中華民族始祖，尊為萬王之長。紅心王敬用漢光武帝，漢朝是古代最大王朝，當時國威強盛，四海臣伏，我們被稱為漢族或漢人，即源於此，同時我們都知道創業難，守成不易，中興更難，光武帝以一介書生，起兵於畎畝之間，一舉將殘暴的假仁假義的王莽推翻，我們怎不尊崇。方塊王順序選出「唐太宗」，他是歷代最賢明君主，文治武功，空前絕後，是我國民族史上最光輝燦爛時期。梅花王敬用「明太祖」，他出身低微，揭竿而起，剪滅群雄，將統治我們異族趕跑，實為民族偉人。

　　牌中之Q是皇后，以后取代，在男性為中心的歷史中，女性活動範圍小，留芳事業少，然而歷代傑出的巾幗人才，仍迭見不鮮，她們有些雖未居皇后之位，所行事蹟，足資為後代風範，列入選用，較為合宜。黑桃后選用黃帝元妃「嫘祖」她教民養蠶織布，解決了民生最大問題，由野蠻跨入文明，厥功甚偉。紅心后選漢朝「淳于緹縈」，曾上書皇帝，自請為奴，以贖她父親無妄之罪，不僅皇帝俯允，更而下詔廢除肉刑，她代表了女子孝勇美德。方塊后選「花木蘭」代父從軍十二載，積功甚多，天子論功行賞，官拜尚書郎而不受，願歸家奉孝雙親，實為我國女英雄代表。梅花后選用明末「費貞娥」充分代表國家興亡，匹夫有責精神，竟以纖纖玉手將李自成手下第一員猛將羅虎刺死，可歌可泣，令人崇敬。牌中之J其人物皆屬英

雄武士，譯名以「士」代之，黑桃士以齊國「田單」取代，他曾以彈丸之地，莒城及即墨，出奇兵用火牛陣，一夜之間，將圍城五載的燕軍打得七零八落，一口氣收服了七十多個城池，復興了齊國。紅心士採用漢「蘇武」，漢武帝時出使匈奴，留胡十九年，志比松柏，心如鐵石，生死置之度外，卒能完成任務，在外交史上樹立了光輝璀璨不可磨滅的奇蹟。方塊士採用「郭子儀」，在唐代中葉之江山，安危係於一身達三十年之久，「單騎見回紇」尤膾炙人口。梅花士採用「鄭成功」明朝將亡，父親附敵，以二十二歲青年儒生，唾棄漢汗，鄙視隱逸，矢志光復大陸，抵抗滿清，焚儒衣，著戎裝，慷慨陳詞，揚帆海外，壯烈激昂，風雲變色，千載下猶凜凜有生氣，實為驅逐外寇模範。

　　牌中「A」的取代，頗費躊躇，依次序僅屬一點，有時卻要做各類牌之冠，可大可小，妙用無窮，擬採用周易太極？，它是我國哲理開端，分兩儀陰陽，方生萬物，小則一點，大則彌窮，用為老么，十分相宜。其中黑桃么畫面較大，亦有人物在其中，擬插入岳飛肖象，南宋時代，國勢衰微，岳飛志吞北虜，氣慨河山，強敵震驚，國土將復，亦為國人崇敬對象。牌中另有一或二張Joker，意為滑稽者，擬以平劇中「小丑」及像代之，也甚恰當。

　　牌中數目字婦孺皆知，無需置換，背面可用越王勾踐「臥薪嚐膽」，越亡國後勾踐含辛茹苦，經十年生眾，十年教訓，卒能雪恥復國，稱霸天下，雄風義舉，照耀古今。

　　歷史中偉人太多了，如果一一列舉，雖每張敬繪一人，仍不免遺漏，今只選出十四位民族偉人作為楷模，玩戲時既可娛身心，再瞻仰各位英姿，會想到他們的豐功偉業，忠孝節烈，驚天動地，民族精神會油然而生，增長我們信心和勇氣，則光復大陸，正如摧枯拉朽，掃盪外侮，為期不遠矣。

　　將來付印後，擬採用優良紙張，美麗畫面，精工印刷，表面加以塑膠，髒汙可隨時拭淨，且經久耐用，可媲美舶來貨，價格則低廉數倍，售百付以上，另附有諸位英雄簡單事蹟及頌讚，以及單人及多人遊戲方法作參考，計劃伊始，舛錯難免，企望海內外賢達賜予指正，以期達成一種盡善盡美的娛樂。

註：當時僅有理想，但財力不足，只印千付，送金門勞軍，沒有發生任何效用，希望有心有力有興趣者完成之。近來印刷方便，已有各地風景之撲克牌及各航空公司之牌出現。另外也有人指出黑桃K是以色列王國大衛王；紅心K是法王查理斯大帝；方塊K是古羅馬凱撒大帝；梅花K則是馬其頓國王亞歷山大一世；Q人像都是漂亮皇后；黑桃Q是希臘女神雅典娜；紅心Q是萊鐵英；方塊Q雅各之妻拉潔；梅花Q是法王亨利四世皇后；J代表武士，黑桃J是法王查理斯騎士奧芝；紅心J是武士克陀；方塊J是法國貞德；梅花J是連斯洛勛。美國獨立之後，也曾在K像上動過手腳，黑桃K是幫助美國獨立戰爭的法人拉法葉；紅心K是華盛頓，方塊K約翰亞當斯；梅花K換成富蘭克林。

改良撲克人像圖

阿波羅號登月球 　　　　　　　58.7.21

　　二次世界大戰後，美、俄成了世界上二大強國，都想向太空發展爭勝，至四十六年八月俄國首先發放人造衛星成功，該衛星只有80磅重，美國窮起直追，至五十七年十二月美國發射有太空人乘坐衛星繞月十週重返地球，到五十八年七月有三位太空人坐阿波羅號登上月球，其中Armstrony稱，我在月球上走一小步，是人類征服太空之一大步。月球上一片荒涼，缺少水源，沒有植物，樹木花草，更沒有我國流傳千年的嫦娥美女，太陽系之衛星中，地球是最美好一個，可惜目前使用能源太多，CO_2排放日益增加，使地球外保護層有了破洞，太陽紫外線直接射來，地表溫度節節上昇，北極冰帽也漸漸融化縮小，將使海洋水平面增高使陸地變小，另外地表原始森林不斷被開伐，地球另外許多物種漸漸滅絕並消失，人口數目不斷增加，宇宙應保持物種平衡，到世界上只有人類時，人類也將消滅，我們應積極尋找實行自保之道才好！

　　目前在地球外人造衛星相當多，對氣象測定，地表變化，幫助很多，先進國家都可製造，唯發射需巨大推力，故多委託美國、俄、大陸幫助，而且也有的已上升到土星、其他太陽衛星，以期擴展人類居住地。

去氧核糖核酸（DNA）之發現

　　去氧核糖核酸之發現是上世紀偉大事蹟，這是許多科學家之研究成果，於一九五三年由英國Crick及Watson發表，有了DNA，可以解開以往許多難題，如以一根頭髮、一滴血，則可精準破案，確認親子關係。古物年代鑑定，遺傳及污染疾病鑑定，至一九八三年美國mullis又發現聚合酶方法，在試管中，可以將極稀少DNA大量製出，如此對分子生物學、疾病遺傳、刑事科學和進化生物學均造成很大的衝擊，尤其對基因方面分析，更加方便，可知各種生物之基因定序，基因稍有不同，外貌則有極大差別，許多生物之基因、人類基因定序工作已於二〇〇二年完成，在生物界基因數人類最多約32000，稻米6200，老鼠也有30000，詳加分析更加了解每個基因作用，我們如能把壞的基因，如致病的、肥胖、短命、醜陋的基因消除，只傳下免疫、溫良、長壽好基因，也許人人可活千歲，世界上充滿老好人，這樣世界也無趣，但是我們總是應向好的方向走去。

我所遭遇的天災

天災是不可避免不能抗拒的災害，在經過中有如下述：

一、旱災

在大陸氣候中雲雨之密集，視情形而定，旱天在林縣遭遇相當多，大約一、二月沒有下雨，農田乾燥龜裂，禾苗枯萎，雖然多方祈雨就是不應，尤其家鄉橫水一帶，一般都靠旱井吃水，此時井中枯乾，則要到七公里外，有活水井的地方馱水或挑水吃，故用水特別節省，早上一小盆洗臉水，大人先洗小孩後洗，最後澆花，洗澡則免了，以後紅旗渠修妥，比較好一些，但是在山西的源頭興建許多水壩，紅旗渠中水量銳減，目前多靠抽十餘丈深的深水井抽水渡日，如水位再深降，則更困難了。

二、潦災

如果下雨連續超過四十天，稱為潦災，情形不多，記得小時候有過一次下雨絕不停歇，多人那棒搥支天，不要再下了，以後好像沒有再有過。

三、蝗災

十分罕見，在一九四二年旱災之後，夏日將近，下了一場大雨，大家真慶幸可能會有收成，不幸另來一個災難，無情

降臨，一陣烏雲由東南方降臨，移動好快，突然向下一沉，好像黑夜，只聽得雙翅在飛的「栓栓之聲」，此起彼落，重重疊疊憶萬隻蝗蟲突然駕臨，這時村人有人敲起銅鑼不讓蟲落地，有人拿起掃把趕忙到附近田中趕蟲離開，可是憶萬蝗中飛下，此方法根本沒有用，而且它們碰到綠東西就咬，牙齒又利，一面咬一面分泌黃色液體，弄得全身痛癢不堪，望出去遍地是蝗蟲，打不勝打，趕不勝趕，精疲力竭，毫無勝算，大約20分左右，蝗蟲們又騰空而起，向西北方飛去，前後不過半小時，大地之上綠色東西全不見了，蝗蟲一面不斷吃植物，一面進行交配產卵，卵深入泥土之中，所幸沒有太多幼蟲再孵出來。

四、颱風

　　颱風到台灣才有，大陸內地吹不到，颱風形成在大洋中，集合水蒸氣，多起於太平洋中北緯0-15度，氣溫30度以上向西北吹去，菲律賓、台灣多受其害，狂風暴雨永不停歇，多半吹向大陸而減低至消失，以往，颱風雨不知來自何方，威力如何，含水多少，會造成意想不到災害，目前有氣象衛星觀察，可預知在何處由低氣壓演變而成，向何方向行走，威力有好大，是強度、中度或輕度，可以預做準備，減少損失，如果將來能控制颱風走向或威力，許多雨量可以帶至需要地方，不要再傾入海洋中，可能由災成福。

五、地震

　　是相當嚇人的，如超過四、五級，牆倒屋塌，尤其在人口稠密大都市內，死人甚多，目前研究是地球形成時，表面形成

許多板塊，地心火岩口積壓太久，沖出而成火山，促使板塊移動而形成不同程度地震，而板塊也在相接處形成地震帶，如居住在帶上，可能受此驚嚇，台灣、日本皆處此帶上，故不時有地震發生，而預先不能預測是最傷腦筋之事，歷史中漢朝張衡曾發表地震儀，可知地震發生何處，但尚無法預知何時何地發生幾級地震。另海嘯與海底地震有關，無法預知避免。

　　其他天災如沙塵暴，由於地表被是被開發太多，沙漠地皮擴大，狂風一吹，沙塵可飛揚數萬里遠；土石流也是山坡地開發太多之故，一陣大雨即可形成，人為災害可設法減少。

王如萍老運恆通（圖213-1）

　　如萍原名蔭三，我們都在三區聯中同班讀書，後日軍掃蕩中原，我們都流亡西安，失掉家庭接濟，後來我入軍醫學校，他入軍校到成都後又改讀於四川華西大學中醫部，一九五四年畢業，就被分發於昆明雲南中醫學院服務，且由基層升遷，由助教、講師、教授、研究員、教研室主任主管學校科研工作。

　　一九八八年被聘為全國性第一屆人體信息電腦診斷技術學習班主講教授，並兼昆明民間醫藥研究所針灸學研究員，治療過許多疑難雜症。

　　一九九九年七月忽收到如萍兄由美來信講，美國舊金山一位僑領到雲南觀光，因肩腰痠痛，到中醫學院診所治療，該院推選他在這方面專長且有電腦人體信息儀器幫助診斷，英語流利，可以為此華僑診療，經他治療幾次，病況好轉，她想以金錢酬謝，王醫師不能收，之後此僑領回美國特寫一函致中醫學院講，她的病已被王醫師治好百分之九十，懇切希望王醫師帶儀器到美國一趟，以便完全治癒，出國治病非同小可，經再三研討辦理，半年後才辦好手續先到舊金山，後至洛杉磯遇到不少林縣同鄉，張存仁是他的最近同鄉，也認識我，他才寫信來，因為他的旅美護照只有半年，希望我能設法為他延長一下。

　　我對美來說是外國人，當然沒有能力辦理此事，但是機會來了，布希總統宣佈在大陸「六四」這一段時間進入美國的華人，其護照都延長一年半，他正是在此時間進入美國，以如萍兄的才華，不久考取到加州針灸師的執照，依此他就能換取綠卡，且可開業，以後可以申請他的家屬赴美，他一人孤單的住在美國，有中醫藥局莊先生請他做駐局中醫師，依工作分紅，他醫術高明，收入是足夠維持家用，而且也可在家中扎針，河南豫劇名角常香玉的女兒常小玉的先生過世，也想把女兒帶到美國，也在此時同他結婚，他雖孤身在外，此時心靈上、經濟上都很滿足，生活安定，在九十年寫了一本「耳針療法」，經我及崔玖找陳立夫先生題字，在台北合計書局刊印出版，九十五年還在美獲得金球獎，之後二〇〇四年二月又寫了「人體知多少」，八月又刊印「針灸療法」，最近二〇〇六年三月臺北秀威出版社又發行他編著的「幽趣詩詞選」，自己診所也由EL Monte搬至寬大San Gabriel，兒孫能到美的都遷移來，外孫女也來讀大學，自己開車遊走南加州各處，身體健壯，不僅做醫療工作，還幫助當地醫學院做一些研究工作，二〇〇一年被選入中華成功人才大辭典中，如萍在我們同鄉中，成就最大，我們與有榮焉。

馬文蘭（華裔泰國人）為我國聽語界前驅

（圖209-2）

　　馬文蘭小姐是泰國華僑，父親經營糕餅業，家道小康，她自幼比較聰慧，中學畢業送美國讀書，她對聽語有興趣，先讀聽語學，在學習過程中，可以到外國二年，吸收不同智識以為寫畢業論文材料，她當時選擇台灣，申請到榮總復健科語言治療部門，該科同我們喉科關係密切，我對於言語方面很有興趣，故時時找她幫忙，解決一些問題，因為在台灣對語言治療問題還是一片空白，一般語言治療師也是一知半解，遂同她商討在榮總成立聽語訓練班，為期三月，可以學一些基本實用智識，以充實各院的需要，幸蒙醫院同意，學生資格限於合格護士或相關大學畢業生，報考者相當踴躍，在師資方面借重馬文蘭為執行長，配合在美國聖地牙哥大學溝通障礙研究所劉麗容教授（圖209-1）（她學術淵博，口齒伶俐，而且也在美國聽語學會（ASHA）中任職，也十分關切台灣聽語問題，曾帶該學會會長Yoder來台作了二次中美聽語治療研討會），來台渡假，我則負責協調我國有片面語言治療的人，如治療口吃專家何西哲先生，幾位國語文教授，以及政治幹校傳播系主任祝振華教授等，畢業後學生都分別到各大醫院主持語言治療工作，因為

人材不夠，於六十六年六月第二期訓練班，後來至六十八年六月成立第三期訓練班，當時馬已回美，恰有劉麗容教授幫忙完成，前後畢業學員六十餘位，多為當時各醫院聽語治療員之中流砥柱，以後有的仍在各院中工作，有的到國外進修或轉行，馬文蘭小姐回美國繼續攻讀Andiology成聽力學博士，目前執教於泰克斯州拉馬大學Lamar University，她老家在泰國，不時回國推展泰國聽語教育，途經台灣，一定到我國新成立聽語障礙研究所，給予特別講演，是十分難得聽語教授，她在榮總工作時十分賣力，一早上班，午夜歸寢，每天喝咖啡七、八杯，在復健科及耳鼻喉科聽語方面小姐們，都對她十分佩服及尊重，尤其在本科做過聽力檢查及語言治療的盛華小姐，關係密切，她在八十年曾赴美進修六個月，八十九年又到美國Wisconson大學六年，一舉獲得了語言治療碩士及博士學位，十分難得，八十九年在護理學院成立了聽語障礙研究所，組訓一些治療較高級聽語障礙患者。

在七十年後，聽語工作不斷有人參加，七十五年成立了中華民國聽語學會，八十三年台中私立中山大學醫學院復健系設立「聽語治療組」，已經訓練許多正式人員，八十九年中山醫院之聽語治療組改為語言治療與聽力學系，台北護理學院由盛華女士創立了聽語障礙研究所，馬文蘭及劉麗容教授也不時歸國加予指導，使我國聽語診治方面已同世界水準接軌。

王明德和專科同級學長創辦四川瀘洲醫學院

85.8.11

　　王明達是軍醫學校西安分校，醫科四十期學長，也是林縣同鄉，三十六年畢業被分發在陸軍官校第七分校工作，我曾至該校拜謁過，大陸淪陷後，音信斷絕，前些時得到他的消息，住在四川瀘州，且患腿疾，而且說如果要再見面，只有你到四川來，我是無法出去。

　　八十五年，我有意回大陸內部，能和妹妹、妹夫、四弟一齊去，想到太原、四川三峽看看，如有機會去看明德學長，四月十四日先到鄭州參加河南ENT學會，二十八日到太原二弟丙祥家，先遊附近臥虎山，次日遊五臺山，並到附近晉祠，晉祠是紀念戰國時晉公，再到山西省附屬醫院講耳鼻喉科最近進展，五月四日飛成都參觀李冰父子修築都江堰水利工程，使四川年年豐收，帶來天府之國的稱譽。

　　五月六至八日參加峨嵋山三日遊，六日下午先到樂山看彌陀大佛，一般人只有他一指大，為世界露天最大佛像，八日晨到峨嵋山山頂看日出，坐纜車攀金頂，可惜大雨傾盆，冷風狂吹而作罷，九日到萬年寺拜文殊菩薩，繼至東坡祠買些字畫歸。

　　五月十一日下午到瀘洲遇明德兄，他已租妥瀘洲醫學院招待所住下，該市產酒聞名，醫學院建在小山坡上，是由明德兄糾合專七期學長們互相協調而開辦瀘洲醫學院，十二日上午參觀危進啟學長創辦人體館，由他精心製作骨、肌肉、血管、神經等細緻標本，為解剖好教材，曾獲周總理召見獎勵，校友們撒播醫療種子在四川，值得驕傲，但自己年紀老大，無緣看到該校開花結果，只在學生要求下做了一次「耳鼻喉進展現況」演講，五月十四日離開瀘洲到重慶朝天門，搭船遊三峽後歸家。

登山記趣

我的老家在河南林縣橫水鎮窯頭村，村後緊臨鳳凰山，長滿圪針及荊篙，且相當陡峻，旁邊都是山坡梯田，時去爬山找酸棗吃，縣西臨太行山最美麗一段，遠望有藍色清新之氣，時冒白雲，上有絕壁三嶄且有許多勝地如黃華、桃園，河焦溝，前者有瀑布可以進入其後觀賞，俗稱珍珠倒圈簾，在日光下，可現彩虹，故對爬山很有興趣，台灣到處是山，中有中央山脈，縱貫全島，據說山峰超過海拔三千公尺高峰，有百餘座，到榮總工作安定後，星期假日，時時約二三愛山好友到台北附近享受山林之樂，榮總士兵隊中黃九先生，更愛爬山，自製許多登山標語，至七十三年四月十五日，約黃先生成立榮總登山社，我當社長，朱復禮、丁汶谷主任為副社長，星期假日，貼登山佈告，每次都會有十餘男女同事參加，與士林晴天登山隊時有聯絡（圖206-2），也曾參加全國登山協會，而且也曾參加台北、桃園、台中、高雄全國登山會大會師活動，有幾件事值得記下：

一、登玉山頂五次才成功

玉山主峰是台灣最高峰，海拔3955公尺（也有謂3997公尺加于右任銅象為4千公尺），能登上此峰才有成就，但嘗試五次才能成功，可謂謀事在人，成事在天。

　　第一次曾商洽青年服務社，他們每年都有帶隊登玉山之舉，故在事先先排登山探路，我們托人加入他們行列，先在嘉義住一晚，次日坐車至塔塔加鞍登山口，整隊帶行李乾糧登山，於下午五時抵達排雲山莊，因為有許多年輕人腳步較快的已早到達，山上較冷，特煮紅糖薑湯奉上，喝了熱呼呼的美其名為排雲咖啡，慣例一般登山客先到此山莊住宿，以便次晨一早登峰觀日出，我們次日早起動身爬山，因昨夜曾下了一陣雨，路比較滑，領隊囑慢慢的走，外面氣溫在0度左右，因穿厚衣戴絨帽還好，向上走有時須攀鐵欄杆，因手套是毛線織成，一觸欄杆，其中熱量馬上被分散而感冰冷，走了十餘分鐘，有人報導，前面路十分難走，領導者為了安全起見，中止了此次活動，只好失望回家。

　　第二次（73.1.7）曾邀約癌症治療科陳光耀主任及幾位醫師護士同行，同班眼科陳超同學一起去，他患有高山症，當上山超過3千公尺時，他感混身不適且要嘔吐，勉強向上走住入排雲山莊，次晨忽報山上大雨無法登山，只好返回。陳同學下山低於3千公尺馬上好轉。

　　第三次（76.9.27）爬山，不幸遇下雨，雨中行走不易，中午露天吃便當，和雨水一齊吞下，兩褲腿濕透且沉重，雖住入排雲山莊，次日天陰，故未去登頂，廢然而返。

　　第四次（76.10.14）由工務室王主任主導，找了一個好天，租了一輛小車，當晚住入山下龍頭山莊，次日尚可坐車走一段路再登山，但是走了不遠，前面路段有落石，好多車都無法過去，我們枯等了數小時，只好改登鞍馬山莊雪山去。

　　第五次（79.11.10）和士林晴天登山隊一道去，也是前一晚住龍頭山莊，半夜好像下了一陣雨，心中沮喪以為這次又要泡湯，想不到次日天氣好轉，到排雲山莊人相當多，次日晨一齊去看日出，涼風颼颼，山嵐起伏，十分爽快，走過風口爬至山頂，已聚了許多人，約六時許，紅色太陽冉冉升出，飄浮於紅雲中，環看朝霞秀麗，總算成功了，有些人一次即可攻頂，太幸運了。

二、不易再爬山峰

　　台灣中央山脈，有許多秀麗山峰，但有些具有危險性不易攀爬，就我所知，一為大霸尖山（76.4.8），一為太極狹谷，前者位於苗栗縣東部，標高3505公尺，欲爬此山，先一晚要住入九九山莊，次日欲觀日出，晨起3：30分出發，天尚未亮，構成一字燈火道十分壯觀，不久晨霞初露，殘星在天，有漫遊仙境味道，上至中霸，看到大霸如巨靈似的拔地侵雲雄姿（圖211-1、2），不由得心胸一震，大霸如大酒桶一般龐然大物約高152公尺，全是硬岩構成，如欲登頂，要爬幾段突出巨岩外側幾段鋼梯，上去仍要走一段盤旋道路才能登頂上平台，只見群山環列，各不少讓，真雄曠之極觀也，昨天買了一個測高儀，一不小心，掉落崖下，十分可惜，觀過日出，慢慢下山，對面小霸尖山，也有海拔3445公尺高，無暇再去，下山歸來，以後聽說上山鋼梯曾有意外而告封山，不准再去。至於太極狹谷，風景壯麗，在南投竹山一帶，因交通不便，本來不開放，至七十三年十一月七日我們登山社才有機會去參觀，既是山谷，

要走下去，沿河邊攀鐵鏈向前慢行，走一段路，相當幽靜，同時可以看到二條瀑布洶湧下降，去遊山的人很多，後來又發生意外而關閉。

三、舉辦爬醫療大樓比賽（78.10.28）

　　榮總開幕三十週年，登山社舉辦一次爬樓比賽，當時榮總中正樓當時是台北市北郊最高建築，有23層，但樓梯只達21層，因為在院內舉行，風雨無阻，報名者相當踴躍，有的單位事先還加以練習，上午九時開始，凡參加者予以編組，十人為一組，10分鐘一個梯次，循序上爬，有許年輕人，開始慢跑上去，但是到了5-6層則爬不動了，最後由特勤組一位以3分20秒獲得冠軍，由姜副院長頒獎金5千及獎狀，當然不能同爬101大樓相比，彼時也頗熱鬧。至2006年爬101高樓成績36分30秒，由澳州登山者獲男女冠軍。

四、台北市95峰（65.2.22）

　　台北市四面皆山，為喜愛爬山者頻添許多樂趣，尤其在南邊有四獸山、拇指山（山峰像豎起拇指）星期假日，會聚集許多人來爬山，以前四川省主席楊森先生精力過人，且喜女色（相傳當時後方俊男美女，最怕遇兩人，如無特殊關係，男的碰上孔二小姐，可能失踪多日；女的如被楊森看上，多娶為妾，生下子女眾多，楊不完全認識但他放得開，女的不願留下，他會資助川資，自由發展）他身體康健，當他在九十五歲高齡生日時，猶能登上市南一高峰，為了紀念此事，特以95峰名之，實不易也。

五、河中滑水（87.8.16）（圖212-1）

在嘉義東南部葫蘆谷為曾文溪上游，這種滑水並非由汽船拖著在湖中或河上滑行，而是在流水河中有一段傾斜約30度平滑石塊，以麻布包著屁股（戴鋼盔）沿水滑下去，另有一番異趣，如願再試，可以上來再滑，我們來了二十餘人，玩得不亦樂乎，途經一鄉，恰值檳榔花開，四處飄香，頗值回味。

六、皇帝殿

台北是一盆地，附近山嶺頗多，但我特別喜歡爬皇帝殿，其座落在北市東部，經木柵、深坑而至石碇，車行約一小時之後沿溪登山，拐幾個彎，上爬5、6百公尺而至，山峰為巨大岩石，攀鐵鍊可能上去，山峰中間隆起，兩邊低平如同牛脊被，膽大的可以慢慢走過去，膽小的只好如同騎牛一樣，一點一點的向前跨過去，時常爬山的黃九仍是每次騎過去，竹林兄次女帶同學到台北來玩，我都帶她們上此殿，尚遇傾盆大雨，幸未發生意外，至於為何名皇帝殿，可能上了山峰，沒有比你更高的人了。

七、山居一夜（78.11.26）

近年來，很少在外面住宿，想不到這次會露宿山中，曾同神經科朱主任及一位蔡藥師約好，今天要隨晴天登山隊一齊爬山，路線較長，是先到石碇爬上山頂，以後沿山頂凌線西行，回到指南宮再各自歸家，這段路相當長，參加者爭先快走，可

是朱主任走的較慢，走上山頂較晚，因此我們三人落在最後，向西過了筆架山，約在下午四時，才到深坑對面一個鞍部，如果勉強向前，路途相當遙遠，回頭也不成，好像有一條山路可以下山，如能由此及時到達深坑，則回家省力不少，遂決定由此下山去，下山的路很陡，慢慢揀路爬下來，有時尚需攀繩拉樹，約走了一時半才下了陡坡，休息一下，找到哈哈登山隊路條，原以為沿此路條一定可以找到下山路，心中安定下來，誰知到處是茅草，很少人跡，所幸在轉彎處又找到路條，過了二條小溪，一直下山，至晚六時，河邊雖有路條，但已無路可行，天色也漸漸暗下來，這時前進不成，後退無路，商議之下，決定停下休息，在路旁樹下，蔡先生比較年輕，在附近搜集一些枯柴，朱主任抽了一支煙，生起火來，括一陣風，天上露出幾顆星星，山上夜間十分幽靜，當時尚無手機，無法同家中連絡，可知家中的人一定十分擔心，只好認命了。

清晨五時，下了一陣小雨，不久停止，分喝蔡先生帶來一罐八寶粥充飢，到六時天亮了，循路條下山，全是崎嶇小道，沿小溪下行，過一小橋才到平坦柏油路，七時半到了深坑，遇到小兒張崑同尚新民開車來找我們，才結束了這場驚魂，好難忘的一夜。

跳蚤秀

　　跳蚤長約2mm，色黑腿長，善跳數寸之高，夜晚活動，跳在腿上吸人血、生活繁殖，記得幼時住北方髒亂地方，夜間赤腿進入屋內，不一刻小腿上多數小點，一擁而上吸血，令人驚慌，需速找一盆水扒離之，想不到它們尚有表演之天才。

　　軍醫學校遷到上海後，繁華熱鬧，有名的四大公司都可吃喝玩樂，三十六年，有一次到大世界遊藝場，恰有跳蚤表演，因為跳蚤很小，表演場設在二樓房間一個角落，放一方桌，每次只賣十張票，要大家圍觀，而且每人發一放大鏡，將表演者放在桌中央小桌上，在燈光下表演，共分四節：

一、跳蚤踢球

　　球有仁丹大小，十分輕巧，主持人大嚇一聲，跳蚤會使勁一踢，將及寸許，而且可再表演一次，不過跳蚤腿上繫一細鋼絲，以防逃跑。

二、跳舞

　　小桌中放一八音盒，盒上放四、五隻跳蚤，每隻身上貼一彩色小紙裙，音樂一開，因盒面震動，跳蚤們則搖擺起舞，動作一致，十分有趣。

三、賽跑

　　二隻一排，主持人一聲喊叫，就爭先恐後奔向終點，亦可同時表演多組。

四、拉黃包車

　　車長10mm銀絲織成，選力氣較大者，可繞小方桌一圈，每次節目表演完，主人將表演者放至臂上，使吸吮其血，以茲慰勞，可謂互利。到台灣後，三十八年也曾到圓山兒童樂園看過一次表演，也許這項訓練費時費力，之後則未再見。

回鄉探親

自從民國三十八年被迫隨校離開大陸，迄今三十多年，時勢之改變，我們和大陸同宗、同文，也不能永遠為敵國，一直到六十六年，政府開放回鄉探親，但對公務員及軍人仍有限制，到六十九年才告放寬，元月初辦好一切手續，尤其是才可以回歸的台胞證，於一月二十四日，中隔三十六年重踏故土甚感愉快。

回大陸去，要先至香港改乘大陸民航機才能北飛，機身較小但座無虛席，起飛由晚上五點延至晚上七點，飛了二個半小時到了鄭州，天已昏暗，來接我的人很多，福田表哥（二姑之子）也由老家前來，二妹慕勤及三位弟弟都來了，多年不見倍感親切，一起擁入旅館中。

慕勤妹目前在河南省人民醫院服務（圖205-4），她原以護士進入該院，後熟習胃視鏡而晉入醫師行列，她的老公唐先生江蘇人在醫院作總務工作，為人和氣，已辦離休，長子立群患小兒麻痺，行走不便，白天也坐入竹椅中，人很聰明，熟習電腦，次子曉東，在醫院中做出納工作，他的太太在電訊局工作，生有獨子唐辰（大陸規定只准生一子），妹妹女兒唐萍目前在醫院當藥師，配有醫院宿舍，二弟丙祥在山西太原做工程工作，他的大兒子春明在山西陽泉煤礦公司工作，次子文明學

習開汽車，三弟錦湘在山西泌縣包工，四弟煒湘為嬸嬸所生，她是父親在水冶當區長時，為解放纏足委員，以後水冶失守，隨父親回林縣來，生下四弟，是我們首次會面，他比較年輕，閱歷較多，現在邯鄲絲綢廠工作，原為國營事業，日益虧損，而告歇業，只能做些零工。

因為我在台北榮民總醫院耳鼻喉科工作，次日妹妹也引見河南省人民醫院張院長及耳鼻喉科譚主任，不久，國防醫學院二十九期學長董民聲教授也來了，他是大陸改制後河南耳鼻喉科創辦人，這裡耳鼻喉科同仁都是他調教的學生，林縣晉家坡呂明栓醫師也做耳鼻喉科，也來會一下，下午妹妹帶我到鄭州市紅旗路第二十六中學拜訪父親朋友萬文竹鄉長，記得他曾在林縣縣府當科長，為人客氣圓滑，共黨統治下幾次鬥爭皆未受累。他也曾在此校任職，已屆齡退休，分配宿舍長住，他的女兒尚在這裡任教。

一月二十六日我同弟妹們一齊到河北邯鄲四弟住所，住在他們公配房子中，地方寬敞，可以煮飯，但是必須到外面公廁方便，夜間也得外出，冬天結冰尚無臭味，今早是農曆年初一，早起拜年，嬸嬸是長輩，我送戒指一枚，聊表敬意，妹妹弟弟各給五百美元，晚輩五十美元。

一月二十八日準備回林縣老家，四弟原訂一部中型車，可送我們一齊去，不巧昨夜大雪紛飛，雪厚五寸，開小車可能深陷路上或滑溜，遂決定坐火車南下安陽再設法，到安陽車站後，得知向林縣的公車初一到初五停駛，私營車也不願意在雪

中開車，如此要困在安陽，幸好在台北時，同鄉王一士介紹一位同鄉親戚郭志遠先生，他原在安陽市政府管理分配汽油，同各交通公司都熟悉，雖屆齡退居二線，但仍有許多舊關係，也許可以幫忙，遂由附近汽油站電話中找到郭先生，他對我們同鄉相當幫忙，先把我們接到他家中，且設宴款待我們，後來找來一輛中型麵包車，送我們回林縣窯頭，車輛很小心慢慢開行足足走了三個小時，下午六時到家，令我們十分感謝此大恩大德，恐難回報。窯頭村干曾聽說我要回去，發動五班鑼鼓社到橫水鎮迎接我們，可惜沒有碰到，我們到家後，春明侄還放了一串鞭炮，村民們也知道有遠道鄉親回來，家中擠滿了鄰居，聽我講的仍是家鄉話更顯親近，正是「少小離家老大回，鄉音無改鬢毛衰」，我們住在春明臨時家中，天還是相當冷（零下）但有煤火取暖，且以暖石熱被窩，次日早上，看看洗臉巾都凍成長長硬條，目前用水不是井水，而是由深機井中抽出地下水聚在池中供大家取用。

　　一月三十日（初五）早上先到林山奶奶家拜年，林山爺的父親是我們曾祖父一輩中最小的，當時分家時，我家是老大，及老二，老三分在街上，老五，老六則分在靠山的小巷中，以後爺爺輩中只有林山爺文化較高，且肯學習，曾去受訓在村下河灘中種出了許多蘋果樹以增加收入，他很想同我見面長談，可惜我無法及時趕回。這次回來時，林山爺已過世，我買了幾台得力牌（HITACHI）電視機，弟妹們每人一台，另外給林山奶奶及福田表哥各一台，林山奶奶身體硬朗，一人住家，自己

煮飯，她的二個兒子都移住河北石家庄，拜別林山奶奶，走至街上已聚集了張家許多人，而且在樹上掛了張氏家譜，且有人擂鼓助興，鞭炮不絕，多少年來少有此場面，大家相互認識一下，依輩分分成幾行，互相拜年祝新年快樂（圖207-2），才告解散，之後又到東崗曾祖父及伯父墳上拜祭。

我回到老家門口，當然應當進去看看，目前已被鬥爭我家的張艮山霸佔住下，他已八十餘歲，滿目蒼黑，他的老伴已半邊風癱躺在床上，老景故然凄慘，佔我祖居不值憐憫，目前我可以討回故居，但外表已破爛不堪，即或能重修，但無人居住，仍是荒蕪，故未提出要求，門口有一碾房，已不再用，以往的寨門街道，巷子，都好像變短，房子又較矮小，也許是人長大的原故。

之後我被請到村公所去開座談會，村幹部有天魁、海泉、福田哥又趕來談談，將來村中發展，並請了二位擂鼓手熱鬧了二小時，明栓及縣立人民醫院張院長也來相聚。

一月三十一日村干約好到橫水看豫劇，而是在銀幕上放映，不太好看，下午同福田哥到後山山腰黃龍洞看看父親寫的石碑，已被打破，且字跡不清，這裡比較隱密，據說在文革時，三官廟中泥神像曾被藏入此洞中，之後又供出來。

以前的親戚如范家庄姥姥家、橫水大姨家、宋老峪二姨家、晉家坡四姨家、辛庄大姑家、崔家屯三姑家、北採桑四姑家，多無連繫或已搬家，都未去拜訪。

　　二月一日（初六），妹妹安排到段家窰看看前妻辛廉勤，我出去以後，她留在我家吃了不少苦，維持我家渡過一段艱苦時期，幫助埋葬伯母，且收春明為她乾兒，後被強迫如不改嫁不再配糧渡日，萬不得已只好改嫁，後來生了四個女兒，小女兒已讀高中，後來我倆找了一空屋談談，她口口聲聲對不起我，事實上我無力保護她，欠她太多了，敬送一枚戒指聊表心意。

　　二月二日（初七）我改了名字，且離家太久，村人不太了解我，後來知道我是醫生，一經傳開，許多村民找我看病，內科病人都推給慕勤處理，一位曾做過全喉切除術者，未經處理好，氣管套管不能拆除，鄉下無合適器械，愛莫能助，上午九時接我至縣城，先到曲山祖父母墳前拜祭（圖205-6），再到縣立人民醫院，該院張院長也是由軍方退下來，林縣是食道癌高發區，他曾在此做過四千餘例，治癒率有百分之六十，數量略少於裝備較好石家庄省人民醫院，午餐嘗到多年前吃的皮渣，頗爽口，下午坐汽車至安陽，下午二時有火車赴成都經鄭州下車，車中雜亂小孩隨意大小便。

　　二月三日（初八）萬老師七十餘歲，今天強打精神帶我到市中心雙塔看看，這是紀念七八年吳佩孚迫害工人運動而修建，共有五層中有各項展覽，次日老唐雇一中型車到開封遊覽，重點有包公祠、龍亭公園、宋王臘像、潘、楊結泳二湖、鐵塔（圖210-2）相國寺、仿宋一條街，晚飯吃餃子，以斤兩計算。

　　二月四日（初十）上午到河南大學一附院耳鼻喉做一場演講，題目是無喉者的言語復健，董民聲學長雖仍住院中特別

病房，曾做特別手術正在復原中，晚上坐火車臥鋪北上北京看
王向升表哥，他是共黨老黨員，上過延安抗大且在黨中工會工
作多年，目前住工會配給宿舍，家中有自來水，且燒煤氣相當
方便，他的兒子大龍，兒媳婦過放都在日本讀書，幼女患弱智
症，留家中，他及老伴身體健朗，下午，李春福邀我到301解放
軍總醫院拜訪大陸耳鼻喉科理事長姜泗長教授，他在此院成立
耳鼻喉研究所，所有四層樓，都蓋在大的彈簧上（德人設計）
故不怕有地震或其他動盪干擾精密研究工作，其第一層是研究
室，在腦部插許多電極，觀察腦對聽力反應，二、三樓是顱骨
研究室，四樓辦公，他已七十六高齡，曾領導大陸ENT十餘年，
目前仍精力飽滿全天候工作，後又參觀他們的O.P.D及動物室，
大陸優秀醫師多喜作研究，如有新發現，甚易出名或出國進修。

　　二月七日（十三日）相熟同鄉王乾初因病死在北京，他的
第一位太太女兒王先春，中醫學院畢業，目前在西苑醫院急診
室服務，造訪未遇，途經黃庄知梁正蘭（小學學長，馬店人）
住了304樓204號，多年不見略事寒喧告辭，後來找到先春同
四弟去遊頤和園，經17孔之長橋，踏泳（昆明湖結冰）步向長
廊，十分富麗，另外奇特景點需再購票參觀，如四面佛，午後
由故宮後門入內看了一些展覽。

　　二月九日，到癌症醫院拜訪屠規益，他曾做過一些相當大
的手術，之後到故宮旁天壇看看，建築宏偉，是古皇帝勸民耕
田場所。

　　二月十日，今天計劃到長城一遊，長城是世界十大古蹟之一，春秋戰國（約紀元前340）時開始修建以防北方匈奴入侵，以後看情勢多次重修，西起嘉峪關，東迄山海關，長二千三百公里，目前已失缺防敵作用，而成觀光勝地，每日有觀光車前往，先遊長城居庸關（圖208-1）、八達嶺文物展再到十三陵水庫，是毛澤東興建，十三陵是指明朝歷代皇帝葬所，目前發掘的只有明神宗及后妃墓，在地下數丈深，其中重要東西另列室展覽。

　　二月十一日，離開北京，弟妹們都來相送至機場，下午一點四十分起飛，九時歸台北，以後曾回鄉多次，主要是到曲山東崗兩地上墳，妹妹三弟留住鄭州，二弟在太原，弟妹因腦瘤九六春去世，四弟仍住邯鄲，他的次女嫁至美國，三女在日本工作，九十年回去一次，見曲山住家向外擴充漸近祖父墳地，之後摧妹妹弟弟們趕速把祖父也移至窯頭東崗，該年冬，換了棺木，移至東崗，靠岸挖洞改葬，後來聽說政府已下令所有耕田不准再有墳堆，我們後輩祭祖，只去一地就行，而我也沒有回家作長住打算，因已習慣在台之生活，只好把台灣作為第二故鄉，目前人們已有地球村之概念，子孫們之去向無由得知，可以斷言都是向好的方向去，籍貫問題漸不存在了。

旅遊見聞

旅美糗事一籮筐 69.10

　　去年九月承蒙上峰允准，派我到美國波士頓去研習二氧化碳雷射在醫學上的應用，以前曾數度赴美，自以為是識途老馬，不免粗心大意，這次可能由於年紀老大，反應遲緩，因此在許多地方發生了一些不必要的麻煩，茲分項錄下，以為自己警惕，也可作為出國人員借鏡。

一、美國簽證，一波三折

　　每次出國，必須先辦妥規定許多手續，我在七月份即著手辦理，八月初我已領到出境證，辦好護照，最後尚要去美國在台協會辦簽證許可，才算功德圓滿，當時要到美國的人相當多，每天趕去辦簽證的特別擁擠，有人建議去簽證時要早些去排隊才行，俟至八月九日星期一，我檢查一下申請赴美簽證文件，件件齊全，其中有護照、出境證、以及簽證申請書大小各二份，準備妥當。這天西仕颱風可能來襲，根據電視台報導，該颱風形成後，風勢逐漸增強，風向直撲台灣，行政院人事行政局鑒於上次颱風飄忽不定，南部規定放假，風勢很小，北部原不放假，卻風大雨狂，被迫在前一個鐘頭，由廣播電台中宣布放假，許多人收聽不及，如落湯雞一般白跑一陣，怨聲載道。今早大大方方的宣布，各機關學校放假一天。雖然如

此，我抱著姑且一試的心理，洋機關也許不放假，我能在今天辦好太棒了。我於七時左右，冒雨坐車到信義路三段去，見美國在台協會門口已有許多人撐傘排隊，我固然排在隊尾，在台協會門口的衛士逐一看了個人所攜文件，讓大家進入院內，這時才發現院內一字長蛇陣已彎了二轉，前面的人尚可坐在涼棚下等候，我們後來的人只好撐傘在雨中鵠立，人家要到八點半才開始辦公，而我們的長隊卻仍在慢慢加長中。此時時間走的頗慢，有的閉目養神，有的閒談或看書報。約八時許，排在前頭的人慢慢蠕動，門口一位檢查文件的，審查合格，發一號碼牌，則可進入室內再等候，熬了半個鐘頭，總算輪到我，翻看我的文件時，說少了一份戶口名簿，不准進入。我的天！今天機關不辦公，要我從哪裡弄一份戶口名簿呢？我垂頭喪氣回家去，翻箱倒櫃找一下，居然找到一份三年前的一份戶口名簿，年份雖舊，家庭狀況並無改變，想硬著頭皮再充一下，遂又到在台協會，又參加排隊，半小時後，終獲通過，進入室內，先交一百元護照費，再等下去。室內約談窗口有七個，但並未充分利用，多在第一、二窗口工作，至十時半，輪到我三百五十號，約談人看了我的各項文件，本來即可通過，旁邊一位中國助理小姐吹毛求疵的發現到，既然是去學習雷射，理應辦理JI簽證，而不能辦普通護照，我對於這方面不清楚，只好取出一切資料，頹然回家。第二天到了醫院，遇到旅行社一位承辦人，據他說，你的情形僅是觀摩性質，應簽普通簽證，JI簽證尚要補其他手續，恐怕趕不及出國時間，我們一起去找院長辦

公室找鄧小姐，她曾在美國機關做過事，可能生生辦法。鄧小姐聽了我去簽證始末，認為尚可設法挽救。她先打了一份醫院推薦信給在台協會，說明僅去很短時間，再把簽證申請書中（STUDY）「學習」，說明僅是「觀察」。另外介紹我去找在台協會醫務室護士小姐，請她再把我的簽證文件再遞進去，看看能否再行考慮簽發普通簽證，後經在台協會簽證組重新審查，再召我約談，認為我的情形尚符合普通簽證，讓我於十六號去取護照，滿天烏雲才告晴朗，其中主要因為學習一字翻譯不當而引起，可不慎哉。

二、洛城入關，首遭拖延

一般人到美國去，在飛機上航空小姐會發給兩張入境申請單，事先填好，到辦理入境手續時即可派上用場。凡由外國進入美境任何城市，首先辦理入境。我們班機則由洛杉磯進入美國，下了飛機。邁入大廳中辦理手續，其中已排了許多行列，由許多驗關員逐一審閱證件、護照及檢查手提行李，每人所需時間不一，少則一分鐘，久的也需五分鐘左右。我因為坐了十二小時飛機，內急很厲害，而且排在一行末尾，前面手續辦的很慢，遂找到廁所先行方便一下，然後再排隊。很不巧我們這一行驗關的人行動很慢，約有四十分鐘才輪到我，他看我填的入境申請小單字跡不清，複寫的沒有透過去，而且漏填一項，讓我重填一次，在後面有一張桌子，也有人幫助填寫，但總要多花時間，填好再辦驗關，順利通過，找出行李，經人檢

查無誤，行李再轉運至出口處。如次這般就誤了兩個小時。有位朋友來接我，他先送人回台灣，再接我回去，沒想到會等了如此長的時間，把他上課的時間也耽誤了，想想看，如果事先準備好，把入境申請單寫清楚一些。至少可提前半小時出關。

三、波城機場，電話錯打

這次要到波士頓一段時間，曾同一位朋友約好先住他家，並且也講好於九月一號下午五時許可以到達，當我準時抵達波士頓取出行李後，即撥一電話給我朋友。號碼撥過後即有錄音講出來說：「這一號碼已改為另一號碼ＸＸＸ號，請打新碼。」我遂按照新碼再打，又有錄音放出來說：「這一號碼是錯的。」我很急，遂換了另一架公用電話，仍是這樣告訴我，心中很納悶，他怎會如此快改了電話號碼呢？還好我還有一位朋友在波城，電話打去他太太告訴我，他尚未下班回家，讓我坐出租汽車過去或再等半小時再打電話過去。這時我突然想到號碼可能撥錯，幸好友人給我的信尚在手提箱中，翻出細看其中第四字本為「0」誤寫成「6」字在記事本上而有此差錯，真是「失之毫釐，差之千里」，當我再打電話過去，朋友已等我多時，他即刻駕車來接我，恰好趕上下班時間，海底隧道十分擁擠，本來只有一刻鐘車程，卻費了一個小時，電話號碼數字要絕對正確才行。

到了週末，我由波城到Milford找一朋友，仍講錯了，再查這裡電話簿，卻沒有我朋友名字，遂托請車站售票員代查一

下，找出錯誤，但無人接聽。我只好決定在這裡等到下午三時，如果我的朋友不出現，再坐車到紐約去。苦等了兩個小時，到三時左右朋友夫婦前來，才告解危，小小數字，絕不能錯失一點點。

四、灰狗車站，陰差陽錯

在美國短程旅行，搭汽車較為便捷，大小城鎮皆有其行蹤網。最有名兩家都由私人經營，即灰狗（Greyhound）與旅道（Travelway）兩家公司，最近新添一家Bonaza，同灰狗關係密切，他們用同一車站，且互相轉運。這兩家公司車站都設在市中心，相距很近，走的地方多半雷同，發車時間，相互錯開，以方便旅客而且利益均霑。我在美國走動喜乘灰狗車。九月四號我在波城灰狗車站取了一份由波城赴阿班尼（Albany）開車時間表，上面寫明是早上八時三十分由波城發車，十一時四十分可達阿班尼，就此通知我的朋友，請他於上午十一時四十分到阿班尼灰狗車站接我一下。因為我住在波城郊外，週末假日進城公車很少，為了趕八時三十分的車，特託友人起早送我一程，到灰狗站匆匆買了車票，到指定地點候車，到了八時三十分，沒人排隊，也沒車來，頗感詫異，詢問之下，才知新開車時間表，已取消這一班車。要到十二時五分才有車開。這是九月份的新時間，但是我於九月四日取得的竟是老表，徒呼奈何！偏巧「旅道」公司在波城車站同灰狗車站相距頗遠，而且上午也沒班車，只好等下去，據聞汽車公司不時更改時間，

每三月更新換一次，主要看營運情形而訂，決定加班或減少，只要訂出時間，絕對遵行。旅客再少，也要準時發車，人多的時候，會增加班次，沒有站票。而且他們計算票價，也和我們不一樣，像由波城至紐約，直達車將及四小時車程，索價美金十九元五角，但是如坐慢車，中途停車次數多，費時較多，可能要二十餘元。買來回票也沒有優待，我既然要延期出發，又打長途電話給我阿班尼朋友說我下午四時才能到達。因此每次乘車必須屆時確定時間。老表切勿使用，以免枉費時間。

五、阿城歸去，盥具遺忘

每天為了整理門面，盥具必須隨身攜帶，如頭油、梳子、牙刷、刮鬍刀及毛巾等，其中頭油、梳子及刮鬍刀對我尤其重要，因為我頭髮稀疏且不服貼，早晨不梳好則雜亂無章，鬍子不刮，予人不潔感覺。因此我特別注意我的盥洗用具。統統擺在一起，隨時隨身攜帶，而阿班尼友人家的寢室中沒有洗澡間，須走入另一房間內，九月十九號早上出門時臨時改變主意，去的地方頗遠，下午直接送我到灰狗車站，不再回來。就這樣疏忽了沒有事先把盥具塞入手提袋中，等我晚上回波城要洗澡時，發現事態嚴重。次日一早抽了一些時間到市中心購買梳洗用具。除了多花錢不講外，買刮鬍刀頗費周章，目前流行用窄刀片，我用不慣，走了三家才找到老式的。美國頭油也不理想，開始我不知道頭油英文稱呼，比劃一下女店員也不懂，後來我找到一管管的Hair dresser，都是十分稀薄，勉強購置一管，湊付應用。

六、做事顓頊、險誤班機

原訂計畫於十月三號由舊金山西飛台北，華航班機是下午三時三十分起飛，因為友人家離機場很近，只有五分鐘車程，憑了這一點漫不經心，上午到柏克萊去看一位同學，中午回來，又到附近買了一個電烤箱，行李多出一件，遂把另一個手提包中的物件塞入大箱中。整理行李頗費時間，等把箱子弄好已經下午三時正。趕忙到飛機場去，這時華航櫃檯已將收攤，而且只留下一個座位，我當然別無選擇。另外我的行李也有問題，據辦事人稱，飛機上行李艙已經關閉，我的行李只有到下一趟班機才能寄回，我也只好接受。當我上了飛機，發現在前面中間，靠近放電影之小螢幕，也沒有小餐桌。窩囊的坐了十二小時，回到桃園機場。因為雙十國慶，返國僑胞很多，驗關及檢查行李的地方，十分熱鬧，我想這次我只帶有有手提行李一定可以早些出來回家。後來我詢問一下如何辦理提取後運行李時，麻煩又來了，我必須先拿行李單找華航人員辦好手續才能來提取行李。好不容易找到華航管理人員申述此事，他回櫃台檢查，發現沒有舊金山電報講有行李留下，要我再去看看迴轉台可有我的行李運出來，等了好久好久，仍不見蹤影，辦事員遂在我的行李單上寫下「行李未到」，而且逐項登記下來行李有幾件、什麼式樣、顏色等等！而且告訴我，等行李來了，他們會以電話通知我，而且我也可以打電話到機場辦事處查詢，將要辦妥時，我再到行李迴轉台看看，我的箱子居然吐出來了，十分高興，可以少跑一趟機場，我要辦理的提取後運

行李也作廢，趕忙帶了行李到19號處排隊等候檢查行李。我又錯了！在我前面幾位行李很多，驗關人員十分仔細，箱中行李一件件的翻出來檢查，等了很久終於輪到了，檢查先生因為太累，休息幾分鐘再來，一看我的行李單上註明「行李未到」，又寫上「已到」。他說：「這樣不成，你去找華航人員把這些通通塗掉。」我只好由行列中退出，到對面華航櫃檯找人把這些字塗掉，回頭又重新排隊，又等許久又輪到我了，這位先生再看看我的行李單說：「不妥！不妥！上面曾批了到18號櫃檯。」我只好再排到18號隊後面。事實上18號是快速驗關口，只檢查帶有手提行李者，驗關人員一看我推了行李排隊，他說不行。我感到走頭無路了，遂把行李單交給他看是以批妥在這一行，他才讓我在這一行檢查下出關，等我走出出境室大廳，已由七時到了九時半。最後一關，依然不順利。美國對排隊辦事有一規定，如果你的手續有一些不合，等你辦好後可由前面插入，但是我們沒有這項規矩，排隊復排隊，浪費很多時間。

　　前事不忘，後事之師。這一趟美國之行，因為自己疏忽與顢頇，浪費了不少時間，破費了一些錢財。這些事只要小心，即可消彌於無形，逐項檢討，翻譯外文要合乎情理，填寫表格要正確實在，友人電話不可絲毫差錯，行車時間表要用最新的，隨身物品一定要在每次出發前檢查，乘坐交通工具趕早不趕晚，依此原則旅行，才不會有不愉快的事情發生，出門人切記！切記！

天寒地凍二手車的麻煩及參觀福特汽車廠記

56.12

　　五十五年八月，來到美國進修，學校及醫院就在費城內北區，大街兩旁，出門就有公車、地下車（subway）四通八達，停車不太方便，許多在路旁的停車位，需不時的投錢繳費，住在美國地方遼闊，必須有車代步才感方便，有車必須有駕照，其號碼同身分證號碼一樣，第一年從未有買車代步念頭，但五十六年轉到底特律威廉堡曼醫院工作，醫院蓋在一個廣場中央，周圍盡是停車空地，由車站到醫院中總要走一段路，當時美國是汽車王國，底特律又是生產汽車城市，當時通運公司、福特等四大車廠，都在該城，好像來到汽車王國之汽車城而沒有自己的汽車，有些犯罪的感覺，遂決定買一汽車代步，但留在美國僅有一年期限，坐新車太浪費，買一部二手車意思意思算了。

　　既然要買車，必須有駕駛執照才行，醫院週邊皆是空地，打電話給教開車公司在暇時請教練開車前來教我如何前進、後退、轉彎、停車等動作，大約上了10小時，我即赴考場考試，筆試一下通過，考路試時教練認為轉彎太大佔地多，在 "stop" 地方，沒有完全停下來，僅僅駛慢向左右觀望一下不行，囑再練二週來

重考，第二次考官比較客氣，馬上發予駕照，有資格買車了。

　　當時，在我租住房子對面一家，旁邊空地上停了一輛白色"Lancer"小車，已經不用，擺了好久，我偏偏看上它，問人家賣不賣，對方十分高興把此廢車轉手，整理一下以美金280元賣給我，又付保險費109.8元，以406.8元變成了有車階級。此後可以坐車上下班，不必再在等候交通車，十分得意。

　　有一天早上很冷，大約4ºC左右，我要上班去，我用力踏油門，總發動不起來，只好打電話請附近加油站派人來幫忙，不久人家開車前來幫助，馬上發動起來，索價3元，第二天早晨舊事重演，詢問原因是車上電瓶太弱，天冷不能啟動，只好去換了一個新電瓶（12元）才告解決。有個星期天，相當冷，約在0ºC左右，我到附近超市買些零用品，買好出來，鎖匙插入開車孔，卻轉不動，不能打開車門，轉了一陣手已僵了，只好再回店中暖暖手再試，幾次下來，仍不能打開車門，遂到附近加油站討教，店主人很懂，料知是老車，鎖匙縫中細小髒物在酷冷中會脹大而致，如用打火機烤一下即可打開，我不抽煙，沒有帶打油機習慣，他賣給我一小瓶甚易揮發機油，滴入鎖孔馬上可打開，這一難關總算過去了。

　　有一次我到醫院上班，外面降雪，等到下班我想開車回家，進入車中，因前窗鋪一層雪，看不到外面任何東西，這如何上路呢？我只好又回醫院去，想找值班床過夜，途經醫院電話室門前，問了一下接線小姐，她講「你先開一下解凍（defrost）開關，等一下雪融化再開車就無問題了，果然有效。

又有一次更是危險，我原租醫院附近里許一位老太婆家，她一人住房間收拾很乾淨，曾警告我，不要在家中吃東西，我謹守此約，有時我想喝些熱水，我有電燒器可燒水，他發現後十分不悅，而且她準備最近出外探親，逼我搬家，我只好翻閱報紙找租屋地方，找過幾家，有的不合適，有的不喜歡東方人來居住，會講剛剛租出去，到晚上五時許，依指示路走入一片樹林中，前面有一間小屋，我下車想看清楚，車門忽然關起且鎖起來，裡面電未息仍有燈光，而且馬達仍響個不停，這下可糟了，長此下去，汽油會耗光，則要永留此處，好在前面有一戶人家，請人家幫忙一下，叩門進去，向該家主人說明詳情，該主人十分幫忙，先找一個鐵絲衣架，打開擺直，前頭有彎，走到車邊，由門縫中伸入拉開了門鎖，才把此難關渡過，好險呀！

其他麻煩不斷發生，開車時搖幌厲害，有溝雪胎（snow tire）應改裝前面；有時車子發動不能前行，拖一下需5元，有一次手煞車沒有放開，而要開車，把車中齒輪損壞，如果開車時恰好卡在此處，則發動不起來，則需推動一下才行，當我五十七年七月要離開底特律時，另外花35元租5天車辦事，這部老爺車也賣不出去，只好放在市旁一個僻靜巷中，讓它自生自滅。

有一次，路上有紅綠燈，我看到好像綠燈開啟，開出去，卻有車撞在車後部，馬上有警察過來把兩車開至路邊詢問，認定我撞紅燈，要賠對方一些損失，且要我去聽一節課（其實不必去），而我的車保險公司不賠，因為車沒有保被撞險，以後開車出外，是破爛車形狀，有此車反而變成累贅。

　　六月四日曾到ford公司參觀，到公司門口停下，改坐該
公司車入內，他們有自己練鋼廠、噴漆廠，最重要有組合線
（Assemble Line）沿線組合，開始只是車殼，一直沿線前行，
一站站加門加窗，加燈，加輪等，各個零件，最後組成一車，
出來時，有人試走一下即成，每3分鐘出一輛新車，有了此設
施，而使美國汽車稱霸全球。

儉中之儉

美國休士頓是美南大城市，土地遼闊，人口眾多，但是地下水水質不佳，只可供洗濯用，不可飲喝；故每家吃水都是準備十餘中、小桶，至附近超市買蒸餾水，超市每家都有十餘充水龍頭，以方便顧客，他們超市也優待老年人，每週有二天老人可以折扣購物。我於八十七年到休士頓訪視竹林兄，有一天折扣日，一起到超市購物汲水，我們去買了一些東西，購水之事請大嫂負責，等我們買好物品，大嫂遲遲沒有趕來，十分詫異，遂到售水地方看，她仍在打水，原來她多次購水，發現有一支龍頭，在水填滿後尚可增加十餘點，其他的立即關閉，因此她選中這支龍頭，每次只用它，故較費時，反正時間不值錢，真可謂儉中之儉。

不愉快的蘭嶼之旅　　　　60.6.5

　　蘭嶼是在台東東邊小島,住民以漁為業,為了方便,男生多穿丁字褲,而且他們用的兩頭翹起獨木舟,另有特色,報章雜誌時有描述,六月初在台東舉行地方ENT學會,決定此次借開會之便,能到蘭嶼一遊,由台東前去坐船需時頗久,要坐9人乘小飛機便於起降,六月三日下午前往,計劃四日玩一天回來,五日開會,機上都是來開會的同仁,島上沒有好旅館,能睡則成,晨五時起床,六時有車載我們環島玩,沿途有龍頭岩、象頭岩,都是巨大岩石遠望成形,但是雨大風大,以後不得前行,只好又退回旅館內,討厭的雨永不停歇,港口捕魚、高山頭髮舞都不能看,小飛機上午來三次,但下午沒有再來,機場關閉,只好再停留一夜,每聽到海浪擊岸聲,令人煩厭,而且學會祕書鄭小姐2000元被偷,在住宿門口呆坐一天,好在五號雨停飛機可以起降,趕快回台東去,會也開完,如此白跑一趟,令人悵然。

花蓮泛舟 74.9.15

　　泛舟是最近新興玩樂方法，在豔陽高溫下戲水，快速游動翻轉相當刺激，划到盡頭且有成就感，因此耳鼻喉部中許多同仁鼓動我們也可舉辦一次泛舟，台灣溪流頗多，而適合泛舟要水流快速，水不可太深，有險灘與激流，秀姑巒溪由瑞穗至奇美約23公里，4小時可到盡頭，很適合泛舟，我們選在週末前往，許多人帶了家眷同行，先坐火車到花蓮住下，次日天剛亮動身，坐車到瑞穗，橋下集合，這裡是泛舟起點，已經集合了許多橡皮艇船，每隻可乘8位，當時已經來了不少泛舟者，我們分組上船，八人分兩邊，每人一槳需要時划動，分妥即刻開動，水流頗急，擊起不少浪花，當然衣服不能保持乾淨，河流曲折前行，有時向左有時向右，有一段比較急快的稱為鬼門關，多半平穩，船公司且有電動小艇游走各船之間，以防不測。

　　據說有三個比較驚險地方我們都一一撞過去，大家精神也較放鬆，這時需急轉彎60度，我們的船突告翻覆，大家緊張多攀船緣，向前沖走了不遠，船才翻正過來，水也不太深，最多及胸部，數數人頭，只有7位，少了一位王榮謙醫師，他太太更加著急，這時巡邏船也來了，他們以為凶險處已過去，應當沒特別事故而向前去，大約在失事處一百公尺下游，找到王醫師僅喝了幾口水，一切安好，大家才告安心，不久到達終點

站奇美長虹橋，換了衣服吃了晚飯，才安然回院，出外遊玩真不可大意也。

曼谷之旅

　　曼谷是泰國首都，由中國南流怒江、瀾蒼江，都由此出海口，故港口一片汪洋，有東方威尼斯之譽，且有水上市場，水菓蔬菜隨時可買。佛教為其國教，有金璧輝煌的玉佛寺及美侖美奐的皇宮，地處東南亞中央，交通方便，許多國際會議多在此舉行，像八十四年就成立無喉亞盟協會首次即在此舉行。因為生活費用便宜，亞盟訓練食道語中心也由東京搬至泰國。觀光業非常發達，蓄有許多大象群，在其他地方不易看到，如可以讓它們踢足球、與人拔河、人分批躺廣場它們可以由中間走過，絲毫無傷。另外有鱷魚潭，鱷魚全身都有用，但凶惡無比，有專人同鱷魚表演，把頭伸入鱷魚張開大嘴中，不會被吞咬，對色情賣弄也甚出名，有男人樂園之稱，到曼谷洗澡去，他們把美女編號，陳列於透亮玻璃牆內，只要你看中幾號，指定好，則可同她至小屋中裸體洗澡，她把肥皂摸遍全身，然後裸身由胸前滑下去，稱全身按摩，欲成好事，不在話下。由曼谷東南行不遠有一娛樂勝地稱芭達雅（Pataya）多半坐船前去，在船上也不忘賺錢，可坐水上摩托，可以射啤酒空杯練槍術，10中5加射一杯，以及自由海釣，到了芭達雅以後，海濱沙灘柔軟，可划船，可坐拖曳傘，晚上更有人妖美女表演。人妖泰國特出名，在青少年時即注射賀爾蒙、乳房變大，皮膚白嫩柔

媚比女人更多，唯聲音粗沙不能改變，每年還舉辦一次人妖選美，當然劇院也有節目，美貌女郎，環台下體吹哨、抽煙，甚至開玻璃酒瓶，最後以裸體表演各種姿態性交，欲同人妖拍攝合照另外加費，總之他們希望觀光客錢都留下來。

阿根廷長途跋涉　　　　　　66.3.6-4.20

　　第11屆世界ENT大會於六十六年三月在阿根廷首都（Buenos Aires）布衣諾斯艾爾斯舉行，阿是南美大國距我們非常遙遠，而且其於附近巴西交界處有Egasu大瀑布（世界第一大）值得一遊。三月六日辦好一切手續，乘機出國先到東京繞一下，經San diago至祕魯稍停，經烏拉圭至阿首都住Secretory Hotel，每天到會議中心開會，會場中有我國國旗，心中穩定，會議廳旁有小郵局，許多人寫信回去，一人服務，許多人排隊等候，小姐十分負責，十二時一到，馬上把窗戶關起，外面排隊最後三人只好等下午了。這裡牛排肥碩，以斤計稱，會中聚餐，竟把半隻牛排掛起隨意割食，一日去中國餐館，老闆竟是曾在林縣做過縣長的馬存坤先生，談談家鄉事。會中ENT未有重大革新事項，多人主張無喉者在造口後上開瘻管再談話較合適。

　　來開會各位都想親臨看看Egasu waterfall，它在巴西境內，護照上須有巴西簽證才行，我們同巴西沒邦交，在台北辦不成，到美國停二天也沒辦成，到阿開會一週也沒辦好，據說外交官簽證有二類方式，一類是放授權給外交官，他審核可以即能馬上簽好，另一類必須把護照寄回本國，才可簽出，而巴西簽證屬後者，故遲遲不得簽成，等我們回程先經烏拉圭到巴拉圭首府阿松森（Asuncim）旅館中，有該地方觀光說明書，說明可以到巴西去看以瓜蘇瀑布，詢問台灣護照可以嗎？因該瀑

布就在兩國交界處，經過一橋可以在此簽證三小時，看完即可回來旅館，故沒有問題，我們都表同意，次日早起吃早點，晨六時出發一直向東駛去，到了兩巴交界處，有一條河相隔，穿過所謂友誼橋（friendship bridge），巴西界有人把守，停車辦好三小時簽證，進入巴西，路邊就是有許多小瀑布，後來步行進入大瀑布區，水聲隆隆，水霧迷漫，號稱魔鬼咽喉區由14道瀑布匯集一起，瀑布多為黃水流下，不同於尼加拉加大瀑布，遊人頗多，也可乘小飛機觀賞，大約二小時多我們又集合乘原車，西回阿松森，將及午夜，不虛此行，該旅社尚有一特色，上了電梯如果誤按樓層，可以拔出即可，我們繼續北飛至哥倫比亞，參觀鹽岩教堂及黃金博物館，前者教堂在鹽岩中築成，後者至黃金屋中先不開燈，到有亮光時，則四圍黃金閃閃發光，霞光萬道，再向北飛至巴拿馬，參觀連結大西洋及太平洋之運河，在飛航未發達前是十分重要運輸管道，因為中間地勢較高，船至其中，分節上行，先把進入運河中的船，在水庫中加水昇高，再進入另一水庫再升高，一直至最高處時，則進入下泄之水庫放水，一直至最下面，據說每天只可行48次船。

　　再向北飛至歌斯塔利加（Casta lica），首都聖后斯（San Jose）主要看首都附近山上火山口，約200公尺深，再向北至薩而瓦多（LE Salvador），這裡曾有一位醫生（賈利亞斯）帶著太太、小兒曾到台北學針灸回去開業，生意不錯，我特到他家看看，送了一付走馬燈，開燈時四圍物影隨著轉動，他母親頗欣賞，中南美各國多處有高高平台，為馬雅文化遺跡，由此北飛到美佛州東部迪斯耐樂園，玩一天歸來。

巴塞隆納無喉大會

　　我們中華民國無喉者復聲協會，對外僅參加亞洲無喉者聯盟，如能爭取到更多國外合作者，工作將更易拓展，世界無喉者協會分為二支，一個以美國、加拿大為主，另一個則以歐洲國家為主，當然各有所長，我國雖已參加亞洲無喉者聯盟，後來又接到通知，也可以參加一九八六年十月十五至十七日在西班牙巴塞隆納舉辦第四屆世界無喉者協會，有機會能看看歐洲各先進國家對無喉者復健情形，對我們會有助益，決定後遂協同蘇榕常務理事，辦妥一切手續，及時前往，由台北飛往巴塞隆納，要繞半個地球，先坐華航，到曼谷加油西飛至荷蘭首都阿姆斯特丹，再轉機前往巴市，一共需飛二十餘小時，坐飛機太久，相當疲乏，將要抵達時，坐臥起立都感不舒服，到巴市機場時等了好久行李尚吐不出來，可能在荷轉機時人先上機行李未趕上，下一班才能趕來，據機場人員講，可填單說明尚有行李件數及顏色由何地運來，他們會送至你在巴市住的旅館，幸而攜有巴市要住旅館名單，填妥後，先匆匆搭車趕赴巴市中心旅館休息，不久行李如數送來，荷航班機服務不錯。

　　我們本想十三日抵巴市，但華航班機取消該班，只好提前二天到達，可先熟悉路況地形，初蒞巴市，人生地不熟，西語不靈光，只好憑觀光地圖摸索尋找，公共汽車不會搭乘，坐

計程車又怕敲竹槓，倒是這裡地下鐵十分方便，全市五條路線，分別以五種顏色標明，車資每票西幣45元（NT13元），可通全市轉車不必補票，我們就按圖索驥，先標記應去地方附近站名，就可來去自如，省時省費，我們住的旅館距會場約有十里，先去拜訪熟悉一下，會期三天，每日按時往返，十分方便，遺憾的是地下道太髒亂了，有小販、賣唱的、討錢的處處皆是，鐵軌上的煙蒂幾乎把枕木蓋掉，西班牙人抽煙很凶，尤其是十來歲少女，人手一枝，令人吃驚。

　　旅館設備很差，無茶水供應，次日我們到附近百貨公司買一些水菓及礦泉水（圖213-2），回程時，走了約百公尺，有位年輕人來跟我說你的衣服背後髒了一塊，可以到他店內洗乾淨，蘇榕一看是蕃茄汁，他體會到自己身上也許有，果然不錯，心想不可上當，遂立刻轉回旅館中，以免被當肥羊被敲詐。

　　這次大會參與國家約二十個左右，歐洲因為地利之便參加的較多，美洲只有加拿大、美國及委內瑞拉，亞洲的有以色列、印度、我國及日本，日本來了四十餘人，由八十歲亞盟無喉協會會長重原勇治率領，在大會開幕儀式中，他以亞盟主席用日文致詞祝賀，會中備有意譯風，有西、法、德、意及英文之即席翻譯，十分方便，我同蘇先生出發前曾寄給大會秘書處報到費用，因此報到十分順利，我們向祕書處討收據，才知道尚未收到我們曾寄來信件及匯票，我是應邀前來不必繳報到費，而蘇先需繳五千元（NT4千）當時沒帶來，甚感為難，多虧大會祕書長非常豪爽，認為只有一位千里迢迢前來開會，宣告免費發給名牌，才告解決。

　　大會共三日，第一天討論全喉切除手術改進問題，第二天為無喉者語言及身心方面復健問題，第三天是無喉者現身說法，自己復健經驗等，我的報告題目是「中華民國無喉者言語復健現況及趨勢」，被排在第二天，我以英語發表，屆時我說明我國無喉者之言語復健有一半採用氣動式人工講話器與別人溝通，因其簡單易學，經過我們改良發聲宏亮清晰，很容易為新進無喉者採用，只有四分之一講食道語，而用電子式講話器及裝幸保氏發聲瓣者為數不多，而且可以先用氣動式講話器，尚有學習食道語之機會，接著請蘇先生示範，他先以食道語說兩句，再改用氣動式講話器發音，最後還高歌一曲「中華民國頌」。歐洲無喉者們沒有見過氣動式講話器，都用其他三項發聲，首次聽到、看到用氣動式人工講話器能發出如此宏亮清楚聲音，非常高興，因此蘇先生在會場上成為風雲人物，注意焦點，他也乘機教他們使用方法，簡單易學，許多人都願買根試試，因此蘇先生交了許多朋友，而且送了幾具給幾位國家代表人物，甚而有一位電動式代理商，願意代理售賣氣動式發聲器，這次巴塞隆納之行為歐洲無喉者提供了另一種發聲方法，是最大的收穫。

　　我們曾看到不少無喉者，對氣管造口保護的相當週到，每人造口都插有金屬銀製套管，甚而用黃金製的。外口再覆以美觀透氣一層金屬網，外面再蓋以布巾，這樣對講食道語或電動式講話器尚可用，如用其他方法則不方便，更無法用氣動式人工講話器，歐洲用的發聲瓣有二類，一為方容金鈕扣式的，

同一般採用幸保氏瓣原理差不多，另一類為哈爾慢式瓣比較複雜，分為二部，裡面一部塞入氣管中，外面氣管造口再嵌入一個瓣塞，只可吸氣，呼氣則由食道沖出，經口鼻出來，氣流量大，發聲宏亮，可如常人一樣，甚而可示範由口可吹喇叭，但是手術比較復雜困難，且要隨時攜帶二套塑膠製品，不太實用，這次會議中提及對喉癌患者的手術前後諮商十分重要，他們面臨切除聲帶可能有不會講話之危險，如有無喉者對他們現身說法可再說話，一定會使他們獲得面對手術治療勇氣，以後我們無喉協會一定要能辦到能說的無喉者於術前訪視患友，及術後教他們再說話才好。

巴塞隆納（Barcelona）是西班牙古老都市，於一四九二年意大利人哥倫布獲西班牙王后資助，由此港出發西行發現了美國新大陸，迄今此港仍存紀念遺跡，且有名畫家畢卡索住所，因語言不熟，未去拜訪，這裡生活習慣不同，上午九時才上班，下午一時午餐，午休時間特長，下午四時才上班，因此晚飯都在七、八時左右，睡眠時間較晚，午夜時不斷聽到吵鬧聲，習以為常，人民工作比較懶散，當我們住的旅館是大會祕書處通知推薦，並非五星級，二人一房設備簡單，附帶早餐，是可吃飽羊角麵包及喝含糖奶咖啡，但是當我們需退房離開該旅館時，到櫃台結帳，而服務生堅持不收錢，要我們到機場結算，我們苦等半小時，不能解決，只好匆匆離開到機場趕飛機，也沒人向我們討錢，這樣白白住了一週就回來了，相距如此遠，也沒有再來討錢，大會祕書處也不會如此招待我們，至今仍是謎團一個。

印度之行　　　　　　　　　　　83.2.25

　　能到印度參觀遊歷，都是由於開國際會議前往，首次是
到新德里，且到泰姬瑪哈陵參觀，牛走街頭無人干預表示對牛
尊崇，且乘大象去遊覽，第二次到孟買，前者是印度首都，有
較為整齊排場，後者是靠西南大城，比較落後，街上擠滿了
人，因為天氣不太冷，晚上住在街上道旁睡覺休息，印度也是
文明古國，人口繁多僅次於中國，雖是佛教發源地，但多不信
佛教，而且也被回教佔領過，其古蹟泰姬陵墓，曾是回教王愛
妃為了悼念她而修建，因為曾為英國統治過，英語相當普及，
留學美國人數很多，貧富懸殊，我亞盟無喉會印度代表們住豪
宅，擁有世界高級可出租公寓，而在孟買市邊區不時看到擁擠
窮人住所。

　　二十一世紀來臨，中國和印度擁有相同條件，據說印度在
科技方面已有相當進展，可以同時成為強權國家。

威尼斯之旅　　　　　　　　　62.5.20-6.10

　　世界耳鼻喉科大會將於今年五月在歐洲水都Venice召開，青年救國團供給一個名額旅費5萬元，本來應排蕭大夫去，他嫌錢不足，不擬前往。我則接下此名額，坐意大利航空公司飛機前去，Venice是首次由歐洲到中國馬可伯羅故鄉，全城都泡在水中，行走都靠兩頭翹的小船—名貢多拉，亦如公車，下了飛機將到Venice則要換船進入其中，換乘船前行繞聖馬可廣場，再前行下船至廣場對面Lido Hotel，開會則在廣場旁大廳中，開幕式有七千餘人，分坐二大廳中，小會場分散各處，會中有英、意、法、德、日語言立即翻譯，每人戴合適意譯風立刻可懂（目前多用英文來講）講者的意義，不過教室分散太廣，聽講的人也分散各處，小的不太有價值題目，聽者只有二、三人（多屬講者眷屬），而使講者提不起精神，聖馬可廣場十分熱鬧，場中時有鴿群尋食，廣場側中間建築五樓上，每當整點時，則有二位假人出來敲鐘也是一景。

　　會中安排參觀項目到該市玻璃工藝品聞名的慕拉諾島，參觀者每人送給一個圓形鎮紙用一方玻璃，在藍色花紋中註有一九七三年威市第十屆ENT大會，可為永久紀念用，講演已有Loch lee耳蝸移置，及使用CO_2雷射治射喉頭瘤，來歐洲不太容易，會後同由台來參加同仁先到漢堡一趟，次至瑞士高山參觀，再到Frankford及柏林。當時柏林分東西，中間有牆相隔，之後我一人到英國參觀蠟像館、白金漢宮，經由香港返回。

大陸東北旅遊

89.10.10

目前交通方便，到大陸簽證也順利，淑玉一些親戚多在瀋陽，目前一位導遊黃耀甫先生在東北很熟，組成一團，可到東北及山東一遊，同學中于俊夫婦，朱炳圻夫婦，鄒傳愷夫婦以及以前空軍司令等，我們一行人組成一團先到大連港，每到一處皆有地陪做導遊，次日遊大連市，地陪曾講大連有三多三少，前者是廣場多、綠地多、雕像多，後者是腳踏車少、攤販少、煙霧少，是東北新興都市，下午即到瀋陽，見到淑玉親戚，以前山東到東北十分方便，她的姑姑搬至大連，十二日到瀋陽東南本溪看一鐘乳石洞，其中有河水，可坐船航行時許，溪邊有一些鐘乳石，以想像形狀名之，之後在瀋陽遊清之故宮及張學良故居，之後到長春製片場參觀，晚上到吉林邊界延吉自治區，這一帶多朝鮮族居住，商店招牌則以韓語名之，國語居下，以尊重少數民族，十五日到長白山去，到達山下改乘上山之專用吉甫專車，山路曲折蜿蜒，而且冰凍，比較方便，刻許到達山頂，上有天池，但仍需爬一段上山小路，我因氣促就在下面等待，淑玉和一些人爬上觀賞（圖210-1）。據說池相當大，南北長6公里，東西寬5公里，深213公尺，海拔2155公尺，是與北韓分界，韓國人視長白山為聖山，據說來爬天池的人很多，池水清澈也不結冰，晚上就住宿在半山之韓國旅館，地板

下都通有暖氣，相當暖和，半夜突感氣喘，幸攜有超音波氣管擴張吸入器，一共吸了二劑才告平穩，否則山中無處就醫，可就麻煩了。天池北側有缺口，水流沖下，使半山有一68公尺高的瀑布，而且附近還有一溫泉，水溫82度，是硫磺溫泉可治皮膚病，故遊人很多，下山西北行過敦化而至吉林，天色已晚，安排博物館無法參觀，次日即北抵哈爾濱市，氣溫也在零下5度，偶而雪花飄揚，濱臨松花江，在此看過太陽島及一座極樂佛寺，夫人們在此買一些皮貨，次日遂直飛濟南，首遊大明湖，水呈綠色且有噴泉，對面是趵突泉及花園，有人說因地下水下陷，這些水多為地下水充數，二十一日，到孔子故鄉曲阜遊三孔勝地，即孔廟，孔林及孔府，一代聖人對國家有貢獻，尤其其信念對封建社會有安定作用，歷代皇室對之都表崇敬，孔廟庭院分前後數層，不及仔細拜謁，孔府深邃，進入孔府院中仍有分別，一般人都從邊門進入，達官貴人可由中門進入，孔墓佔地頗廣，其後人皆有權葬入，二十一日遊泰山，是東部第一名山，山東多為平原，而有此高山，遊人很多，坡道很高，今已築好纜車上升至南天門，然後可步行至最高玉皇頂，之後搭車抵青島，該地曾是德租界，建築多歐式，沿海都是整潔海灘、避暑好去處，許多要人富賈多築別墅於此，在此待一夜歸家。

香格里拉之旅　　　　王愷

「啊！美麗的香格里拉，我深深的愛上了它！深深的愛上了它！……」香格里拉，世外桃源，人間仙境，久聞其名究在何處？傳說紛紜，有曰在西藏，有曰在雲貴邊境，有曰在川藏邊境，到底在何處？真是莫衷一是，這次我們就去探尋一番，尤其是在農曆七月間，正所謂鬼月，諸事不宜，我們這群人不迷信，反而熱心、勇敢組團前往一探究竟！

這次組團前往以醫四十六期同學為骨幹，由于俊學長領軍，崔述賢學長為總指揮，參加者有任天氏、王華全夫婦、武傳磊、田佳榮夫婦、張斌、曲淑玉夫婦、楊尊、李玉平夫婦、張新湘、王愷、王文耀等人，大多是老病殘兵，及學長鄒傳愷、馬先生、洪麗華夫婦、王秀英女士、張美倫小姐，浩浩蕩蕩十數人於九十一年八月二十一日上午十一點先由桃園中正機場，乘國泰機飛港，於下午一點五十分抵港，又於下午三點四十轉乘中國港龍機直飛雲南昆明。天氣尚好，機下藍海青山，河路婉轉，十分美麗，下午五點五十分方至，住邦客大旅社，我們運氣甚好，因為現在昆明正是雨季，下了半個月的雨，今天上午反而雨停天晴，日光斜照，空氣清新，溫度適中，不愧四季如春的春城，一花未謝一花開，四季花開開不絕，其市花為茶花，種類甚多，而被馬可波羅在遊記中稱為壯麗的城市。

　　雲南，乃彩雲之南、雲嶺之南，在雲貴高原，人口千萬，昆明為其省會，風光秀麗，高原都市，有三千多年悠久歷史，元初定名為縣，一九二八年才改為市，為雲南政經、交通、文化中心。據導遊介紹，雲南因黑白黃紅綠五色而富庶，黑者過去為鴉片，而今為火藥，白者為鹽，黃者為煙葉，紅者為土，可種玉米等，綠者為翡翠、玉石，如今大力發展無煙之觀光事業，數十層高樓林立處處。昆明被西山南臨滇池所包圍，海拔1,895公尺，人口500萬，有漢、回、白、彝、苗、哈尼、傣等12個民族（有曰25個）共同在此生活，彼此和諧相處，昆明或有晨霧或有陣雨，「一雨成冬」，數時雨止，立即放晴，故常有「四時衣服同穿戴」。南瀕滇池，又稱昆明湖，南北狹長，形如灣月，面積318平方公里（過去五百里，今與湖爭地，反而填成鹼地，不能耕種，只好建屋築路），是中國第六大淡水湖，湖水蕩漾，鱗波萬里，青山連綿，風光十分美麗。

　　更有趣的是雲南十八怪，經我詢問、到處求証，及雲南所印行的書下所言為：一、石屏豆腐甩著賣；二、孩子先生（男人）帶；三、情話不說歌來代；四、牛奶切成片片賣；五、姑娘四季把花戴；六、火車沒有汽車快，不通國內通國外（指滇越鐵路），七、四季衣服同穿戴；十二、老太太爬（樹）比猴快；十三、鞋子後面多一塊；十四、粑粑叫珥快（麵食）；十五、鮮花當蔬菜；十六、螞蚱當作下酒菜；十七、房子空中蓋；十八、溜索比船快。如上十七所言，傣族，西霜版納所蓋之屋個個樓下多空，在水上，上為住所。還有「石頭長在雲天

外」言石林也;「水火當著財神拜」少數民族拜之,「山有多高水常在」山再高都有水,「所有湖泊都叫海。」即如以後我們所見之湖泊均曰海,如汭帕海,碧塔海但各處所說不同,均可代入以上十八怪之中,這不是很有趣嗎?攀龍河通過昆明市區,如高雄之愛河,稱之為母親河。

八月廿二日,一早大雨陣陣,上午八時我們在陰雨中飛向大理,九時五十分至,反而為晴天,艷陽高照,地陪為楊金花,年青美貌,能言善歌,著白族服裝,頭髮左方下垂,不可亂摸,如摸之則示有愛意,當婚之,言亦有走婚之俗,三年方可成婚。我們坐纜車上蒼山,廿分鐘才到,上有中和寺,可賞大理及洱海之全景,十分優美,風光如畫。所謂「風花雪月」乃為「下關風,上關花、蒼山雪,洱海月」。大理市花為杜鵑花,種類亦多,家家均有,大理三寶曰:「風吹不用掃,青菜葉子貼眼,一貼就好,石頭砌牆吹不倒。」蒼山在大理西北,以其山蒼翠,因而名之,有十九峰,最高為海拔4,122公尺,峰間有十八溪入洱海,峰巒橫列猶如錦屏,上山途中有細雨,至山上即止,蒼山亦有八景:曉色畫屏、蒼山春色,雲橫玉帶、鳳眼生輝、碧水疊潭、玉局浮雲、溪瀑化石、金霞夕照。大理白族甚多,居處外牆多塗白色,所謂三房一照壁,四合五天井,多從事藝術、工藝品。妳好曰「泥秋」,謝謝曰「難為你」,真美曰「住哈秋」。男主內做手工藝、下田、帶小孩,女主外,多甚能幹,在外經商,擺攤子,賣東西,俗曰:「少了一個婆,少了十頭騾。」可知。

　　下午上輪遊洱海，南北狹長41公里，形如人耳之湖泊，故名之，有三島九曲，風光明媚，水清產豐，銀光玉波，輪上並有白族年青男女表演歌舞，並獻上傳統的三道茶（招待客人必備的）；第一道茶十分苦，表示人生十分艱苦及嚴肅，第二道茶味道甘醇，表示人生快樂幸福，第三道茶甘苦摻半，茶中加入蜂蜜、生薑表示人生走到盡頭，回顧以往，酸辣苦甜，百感交集。並二次下輪遊島，一為小普陀，石灰岩小島，高出水面12公尺，只有百公尺的大小，山上只有一座廟，四週多賣食品，手工藝品等攤販，十分擁擠，沒有什麼可看，另一為為南詔風情島，就大多了，也美多了，大小112畝，海拔1,988公尺，綠草如茵，花木扶疏，下有許多塑像故事，石道鋪路，上有平台及玉觀音，白色高17.5公尺，後有島主行宮，由上亦可觀賞洱海優美風光。當時遊人甚多。

　　日近黃昏，大家賈餘勇，下輪遊崇聖寺三塔，大塔居中為南唐詔國年間所建，原名千尋塔，方形，高69.13公尺，似西安大小雁塔格式，十六層，與我國單數三、七、十三層不同，乃白族主以雙，喜成雙成對也，在塔基有黔國公沐世階所題「永鎮山川」，二小塔在二旁各高43公尺、十層，均封閉，不能登上。三塔為鎮水災而興建的聖塔，為當地人民信仰的支柱，遠望三塔在綠林之中，聳立於藍天之下，十分雄偉壯觀，為大理之地標。

　　八月廿三日上午參觀大理古城，建於元代，段氏所建，城外有護城河，內有清水，水邊植樹，牆高2.4丈，外磚內石，

雄偉壯觀，城有四門，面洱海背蒼山，我們由南門入，石鋪街道，二旁平房，多賣茶、玉、雕刻、字畫等，古樸幽美，南有魁雄六詔，北有萬里瞻天，城中心有魁星拱樓，內有鐘鼓，為洪武二十三年（1390）建，杜文秀亦曾四面掛匾曰：瑞靄華峰，巍霞擁鶴，玉環瓜蒲，蒼影盤龍，且其元帥府今變為文史展覽館，供人憑弔。

下午至大理北方24公里之蝴蝶泉遊覽，該泉原名無底潭，泉水清澈，每到春季，蝴蝶紛飛而至，與百花爭艷，成為彩色世界，故改今名。路為石鋪甚平坦，二旁有青竹綠樹成蔭，入門後，尚須行數里方至一小公園，有亭台林木，後有一池為泉源，前下有龍頭，可將水流出，人們即以此水洗手，會帶有白族人之祝福，洗三次代表好運、幸福升官發財，四次不好運，如家中有老人者，可洗六次，則祝老人健康長壽。

大陸有些景點，必先購票方可入內遊觀，票價三十至五十元人民幣不等，不過有些地方對七十歲以上或台胞是免費的，本團大多是七十歲以上老人，又是台胞，因此為旅行社省了不少門票費。

遊完蝴蝶泉則午餐，後乃上車直奔麗江，約199公里、三個小時即可至，二側向日葵盛開，農田樹林房舍均甚美好，可見人民生活富裕，道路亦甚平坦，傍山而行，誰知車行距麗江五十公里處車子熄火不能成行，乃請路旁車行來修，誰知行了一段路又不行了，只好請麗江公司派車來將我們送入麗江，及至已下午七時四十分了。

　　麗江古城素有東方威尼斯之稱，建於元朝，好山好水好風景，海拔2,000-2,500公尺，處處有壯麗的景色，高山，峽谷，森林，西北高東南低，二江（金沙江，瀾滄江）及大小河九十多條，河泉造成美侖美奐佳景，物產富饒，三河穿城（乃東，中、西三河）。有三眼井，上者吃用，中者洗手，下者洗污物，處處有花，四季不斷，如繡球花等大如籃球。麗江乃納西族自治縣，他們有獨特的象形文字，地陪潘金妹即是納西族人，麗江三十三萬人，該族有十九萬人，南方三角形突出的文筆山為其聖山。你好曰「阿拉勞得」，謝謝曰「友備水」，再見曰「淚多多」。此地因地勢高，將登更高之山，領隊前晚發予每人防高山症之藥，並囑開始服用。八月廿四日上午有霧，趨車至甘海子，乘車至玉龍山大索道，全長有3,000公尺，垂直落差1,100公尺，乘六人座玻璃籠形纜車，十五分鐘即可由海拔2,256公尺至海拔4,700公尺之冰河池，由木板搭成之便道，可至5,596公尺海拔之玉龍山頂，大家多在海拔4,506公尺處，以玉龍山冰雪山峰為背景照像留念，時有細雨濛濛，年青者繼續上爬，本團無人發生高山症，其他團有生高山症被抬下山醫治。玉龍山有十三峰，南北排列四千公尺以上山峰有七百多座，以玉龍山最高，氣勢磅礴如銀龍從天而降，山頂終年積雪，銀光閃閃，雲繞山腰，為世界北半球緯度最低、海拔最高、海洋性冰川山峰，為納西人之神山。午餐於雲杉坪，下午繼遊名馳中外，七大喇嘛寺之一的玉峰寺，建於乾隆二十一年（1756），也是爬石階而上，寺中有「萬朵茶花一樹開」之茶

花王，高三公尺，寬四公尺，每年相繼開花二、三萬朵，可惜我們來的不是時候，一朵花都未看到（到四、五月才開），雖然無花也與綠葉茶花樹錄影留念。晚返回麗江，欣賞唐宋宮廷音樂（納西洞經古樂），並有歌舞表演，雖然聽不懂，鄉土味甚重，然表演甚好，歌聲也很甜美嘹亮，舞步一致，甚有可看性。

八月二十五日，天氣晴好，上午至白沙村參觀壁畫，（據人言自明代以來保留最完整者。）言人之好壞，其結局不同，好者可成佛升天享福，壞者下地獄受罰受罪，不是不報，只是來的早與遲而已，仍是勸善規過之意。繼之遊黑龍潭公園有四萬平方公尺（46畝），水源來自象山，林木茂盛，潭水晶瑩清澈（泉水如珍珠一般上升），建於乾隆三年，內有五鳳樓、得月樓、神龍祠、玉皇閣及優美的鏡翠橋，風景幽美，遊人如織。湖中開滿白色五瓣水芹花，更增美感；玉龍山倒映湖中更是一幅精美絕倫的山水畫，此景此情令人留連、不忍離去。

再前去參觀東巴博物館，中有活著的象形文字，東巴經書真蹟。下午參觀皇族木氏家院，在古城西南，木氏自元朝（1253年）世襲納西民首，歷明清三朝，係明洪武十六年所建，歷二十二世、四百七十年，為土司治理麗江地區軍民總理木王府第，猶如小皇宮，正如徐霞客影壁（大門口）上所言宮室之美，擬於王者。亭台樓閣，院落甚多，內有議事廳，廳中上坐有三百年前一張虎皮坐椅，為歷朝主官座位。萬券樓、護法殿，生活區的觀碧樓、三清殿、餘香樓、旁院後花園等（圖212-3）。木王府曾數次毀於清兵、文化大革命、一九九六年

大地震，後乃由世界銀行貸款重建，浴火重生乃有今日。再繼續遊麗江街道，四方街建於一千三百年前。家家有水，戶戶垂楊，青石鋪路，空氣青新，花木扶疏，房屋整潔，人人和善，真是一個美麗的地方。並順便逛逛花市，大大小小各種各色花均有，十分漂亮，真是大開眼界。麗江於一九九七年被聯合國選入世界文化遺產之一，妥加保護。

晚飯由本地張姓人家請客有葉子菜，白包棕等一些不知名菜，口味尚可，飯後有一部份去看表演，據人言水準很高，我因太累了，未去看。

八月廿六日，金沙江、瀾滄江、怒江各距有百里，自康藏高原並排由北向南流，到半途金沙江在石鼓鎮距麗江西北50公里，突然折向東北流成如碧玉，摺成巨型V字形，令人稱奇，為著名的萬里長江第一灣；相傳此處是三國蜀漢丞相諸葛五月渡瀘處，以平定南蠻。再驅車前行37公里為虎跳峽，全長17公里，奇險絕倫，天陰微雨，江水急湍澎湃，遠觀近視，又怕又愛，雷霆萬鈞，雪浪亂飛，轟雷震天，攝人魂魄，據言為合巴、玉龍二兄弟之怒吼，中有巨石、老虎能一躍而過故名之。此處江面窄之處僅卅多公尺，而落差二百餘公尺，二側高山聳立如劍劈刀削，高出江面3,700公尺，景色之美不遜於美國之大峽谷，全峽分上、中、下三部，有184個險灘，可謂奇險雄壯。此處有人力車可乘二人，以接送旅途旅客，約六公里車資人民幣40元。

再前進經霽虹橋即進入中甸，為一九三三年美小說家James Hilton所述失去的地平線，即眾所跋涉千山萬水、遠渡重洋，所

探尋的香格里拉，心嚮往之神祕之地，人類亙古夢境。路況不好正在整修，逆沖江河而上，只見山青水綠、藍天白雲、草原廣大，上有成群牛羊馬野放吃草，然無人看管、無高樓大廈，卻有高聳的桉樹、冷杉、松柏，遍地開滿了黃色的狗尾花，紅色的喇叭狀狼毒，及白色紫色或黃色菊花，紅色沙季小果子，好美麗呀！據說五、六月杜鵑花開遍於原野，則更美麗。晚上抵中甸，住宿龍鳳祥酒店，為迪慶藏族自治州首府，海拔二千多公尺，人間最後一塊淨土。

八月廿七日，今日目的地是有「人間仙境、世外桃源」的美稱，白水台距中甸101公里，據說路況不太好，然而既來了只有往前衝了。首先要遊覽的是納帕草原，距中甸八公里、面積31.25平方公里、海拔3,266公尺，中有湖泊660平方公尺，三面環山，山峰冬季有積雪，有納河、奶子河等十多條河注入，地勢平坦，為國家一級自然保護地區，並是稀有動物黑頸鶴棲息地，其不懼人，常在遊客面前翩翩起舞，青山淨水，綠草蔓蔓，花香郁郁，牛羊遍野，河流湖泊，高山雪峰，這寧靜美妙的自然景不正是我們探尋的香格里拉嗎？廣義的是指雲南迪慶藏族自治州，包括中甸、維西、穗欽三縣，中甸為其首府，今年（2005）五月已正式改名為香格里拉。可是今年因雨水太多，納帕草原變成一大湖泊，也沒見到黑頸鶴，只見三面青山圍著一大池清清的湖水，依他們的習慣可曰納帕海了，還有些樹林屋頂露出，大家很失望瀏覽一會，即上車奔向久聞其名的白水台。

　　路況還不錯，一切順利漸漸到了白水台山腳下，遠遠望去一層層白黃色台地像下了一層霜，在綠樹中特別顯眼，有木頭台階引向天，可是那麼高，爬吧，實在太高了；不爬吧，既然來了，夥友們均奮力向上爬了。沒辦法，只有隨著大夥一步一步向上爬，走一段歇一會，也不知爬了多久，最後總算爬到頂端。我國最大華泉台地之一，屬岩溶地貌，是大自然造化罕見景觀，坡長140公尺，寬160公尺，海拔2,380公尺，台頂是半圓形的台地，佔地三平方公里，有天池、仙女池，池水並不太深，可是不斷滲出，流出並非乳白色而是清水，而坡地乃一層低一層梯田式蓮花池，都是石灰石坡地。明徐霞客讚曰：「雲波雪浪三千疊，玉埂銀丘數萬重，曲曲月流塵不染，層層瓊湧水當凝。」據言乃仙人下界，池水乃她們的奶子變成玉液瓊漿，如玉屑一般，懾人魂魄，奇險雄壯。由上下望，遠山近村均在足底，可是還得一階一階原路下去，實在令人足痛腿酸，幸而二旁有樹蔭蔽日，還不算太熱太辛苦，這更辛苦的還在後面呢！白水台山腳下還有二座生殖神，如雙胞胎，多人至此求子，甚靈，故每年六月八日鄉人至此跳「阿卡巴舞」，設祭品以酬神，並祝來年豐收。吃罷午餐，拖著疲累的身子，又上車上路了，直奔中甸東方35公里、自然保護區之碧塔海，開始了更痛苦的一段行程，這是大多組員的感覺，非全體。

　　碧塔海海拔3,539公尺，東西長3,000公尺，寬300～1,500公尺，水深20～40公尺，湖面水清如鏡，恬靜安然。James Hilton在失落的地平線中，描述它為高原上藍色湖泊，為香格里

拉主要景點。當風和日麗之時，可蕩舟湖中，其樂無窮，湖中重唇魚為第四世紀冰川所留下來珍古魚類生物，視為珍寶。我們是由更高處慢慢循圓木階梯下行，痛苦的、無助的、孤單的在靜悄悄的森林中下行多少階梯，精疲力竭才至湖邊，已至寸步難移狀況，腳痛腿酸，二眼發昏，那有心情再看這藍色湖泊，接著就騎馬在泥灣的路上循原路而回，總覺得湖景暗淡，沒有書上寫的那麼美，不值得受那麼大罪去看！這是部份人的意見。

回途中又至松贊林寺參觀，因為都是坐車上下，沒有爬台階，所以不覺得太累。該寺素有小布達拉宮之稱，建於一六七九年，為藏傳佛教之首（為達賴五世及康熙敕建），全寺占地五百畝，座北朝南，五層雕樓建築，主殿上層鍍金銅瓦，殿宇屋角有飛簷，漢式廟寺風格，金壁輝煌為漢藏信仰中心，位於中甸城北的佛屏山下，依山上建，氣勢非凡。

晚至藏家訪問，進門飲酒歡迎，獻上哈達，入室飲酥油茶，吃糌粑，主人並輪流唱歌歡迎，並與客人一齊歌舞，如同一家人十分歡洽。他們說：「男的有腿的都會跳舞，女的有口的都會唱歌。」一、二小時我們才辭出，過了一個很有意義的晚上，雖然大家都有點疲累。

至中甸地陪為狼八次里拉母，藏人，高而瘦黑，叫大家稱她拉母即可。小姐藏語曰「不摸」，先生曰「不搖」，再見曰「各里兒」，見面時說吉祥如意曰「家需得樂」，謝謝曰「苦拉」，拉母並發明小便曰「唱歌」，十分文雅、有趣。

　　中甸人均和善，連犬都不吠人，少毒蛇猛獸，如獅虎狼豹，故牛羊均野放，無人犬看管保護，亦無圍欄，住家亦無鐵窗，人多守法無械鬥仇殺，真是人間樂土，各處有青稞架，致二次世界大戰時敵方誤認為火箭砲架而不敢侵略，物產富饒，人民安樂，基督等教亦可在此傳佈。

　　藏語：「來家裡坐」為「雲果禮路」，被誤為香格里拉，故誤傳至今，甚至全世界。它有高山峽谷、江河原野令人驚嘆嚮往，如：梅里雪山為雲南第一高峰，海拔6,740公尺，為佛教聖地八大神山之一，峰頂終年積雪，千姿百態，西藏青年每年為它朝山者不斷，英、加曾組隊攻頂，三次均失敗，尤以一九〇二、一九九一年曾有十七人死亡，至今仍為處女地，未被征服過。另有太子十三峰，卡瓦格博山等均為藏人精神寄託，每年必膜拜、繞之三圈。

　　此處有金沙江、瀾滄江、怒江三江併流，有壯麗雄偉的峽谷，由喜馬拉亞山延續而來的，四千公尺以上高山470多座，雪山重重，驚呆了的景物，有花盛開爭艷，繁花似錦，美麗廣大的草原，牛羊馬成群，十三個種族（藏、漢、回、白、納西、傈傈）和諧相處、生活一起，氣候適中，風景宜人為候鳥之天堂，神奇險峻、秀靈清幽，茫茫林海，條條清河藏護著多少罕見的動植物，令人心嚮往之，多少人遠涉重洋，跋涉千山萬水，尋找的烏托邦，人民純樸共存共榮，乃無戰爭神秘之地，可使靈魂淨化，一切煩惱頓消，創造出生命永恆的傳奇。從中甸至碧塔海一百多公里行程中，除了青山綠水，莽莽森林，

廣大原野，牛羊馬群遍地，各色野花處處，如火箭發射台般的青稞架甚多，卻不見一座墳墓，只見一、二座靈骨塔，故藏人死後之處置有五種：一、天葬：最多，有天葬師將屍體處理分塊餵食老鷹，吃的愈淨，則升天轉世愈快；二、水葬：由水葬師處理，只是將屍塊投入水中餵魚，故藏人多不食魚；三、火葬：有傳染病死者多用之，死後燒成灰，甚有環保之觀念；四、土葬：乃犯法者，脫光衣服埋入一深土洞中，永不能超生，故藏人多求來生較好，故犯法者較少；五、塔葬：惟有極少數者行之，必德高望重聖僧，修行最高，為善最多之高僧方能以靈骨塔式而存之，敬之，是為最高榮譽，故而少之又少，甚少見。

「唱歌」為地陪拉母所創，車行途中至人煙稀少處，她就叫大家下車「唱歌」，男生比較方便，稍進入林草之中即可，女生則進入更隱密之處才可「唱歌」，因途中廁所較少，亦多無門、無沖水設施，不但髒臭，有時難以下腳，在野外「唱歌」，反覺輕鬆多了，爽快多了。

據言中共要投資百億以上人民幣，以改善加強拓寬道路，及觀光、衛生等設施，不過途中見許多林木被大量砍伐，亦一隱憂，如不及早予以限制，則三五年後，香格里拉或真的從地平線消失。

再見吧！香格里拉！八月廿八日至去年五月新建方啟用的迪慶航空站，搭上午十一點卅五班機，告別中甸飛回昆明，人不太多，下午一點多即抵達，飯後即開車至圓通寺遊覽，在城

內西北角，碧螺山下低處（可以聚財也，此點即與他寺不同，多建於高處或山下），另有八仙過海之牌坊（道教在佛寺），乃吳三桂佛道儒合一之思想，然左方八仙第三位無頭，係匠人對三桂惡行暗諷也，以三桂平日殺人甚多，又沖冠一怒為紅顏，最後又扼死永歷帝，以示對清廷忠心，可是後又反清復明，不為人所諒解，終致失敗。該寺內有泰國佛教界贈送的獨一無二座上銅佛，高3.5公尺重四噸，在銅佛殿中，高大莊嚴，另以造園手法建寺，青山、碧水、彩魚、白橋、紅亭、朱殿、彩廊交相輝映，景色如畫，中有水池及八角亭，有置身山水中，十分美麗，碧螺春雨為昆明又一景。地陪為朱桂梅，納西族人，另一為年青的是小李子。

繼之至大觀公園遊覽，在市西南三四公里，滇池北岸，一六九○年建後毀於火，一八六六年再建，一八八三年又修建，並引滇池水於園中，可乘船遊覽，並植荷於池中，夏日荷花滿池美極，益以修亭橋栽花樹十分幽美，更以大觀樓二旁對聯馳名全世，為天下第一長聯。乃乾隆年間昆明名士孫髯翁所作，共180字其聯曰：

上聯：五百里滇池，奔來眼底，披襟岸幘，喜茫茫空闊無邊！看東驤神俊，西翥靈儀，北走蜿蜒，南翔縞素，高人韻士，何妨選勝登臨，趁蟹嶼螺州，梳理就風鬟霧鬢，更蘋天葦地，點綴些翠羽丹霞，莫辜負，四圍香稻，萬頃晴沙，九夏芙蓉，三春楊柳。

下聯：數千年往事，注到心頭，把酒凌虛，嘆滾滾英雄誰在？想漢習樓船，唐標鐵柱，宋揮玉斧，元跨革囊，偉烈豐功，費盡移山心力，盡珠簾畫棟，卷不及暮雨朝雲，便斷碣殘碑，都付予蒼煙落照，只贏得，幾杵疏鐘，半江漁火，兩行秋雁，一枕清霜。

此聯小李子能背下並加以解說，真不容易，令人感佩。

昆明分四區：官渡、西山、五華、攀（盤）龍。八縣：呈貢，嵩明，尋甸，宜良，富民，祿勸，陸良，石林。一市：安寧市。

八月廿九日主要先遊九鄉之溶洞群，是在彝族世居之地宜良，距昆明90公里，車行二個小時半，才能到達，所以早晨八點半就出發了，豈料中途還是為車禍所阻，十二時方到，只有先用午餐，再去遊覽。這雲貴高原上最具規模的國家級溶洞為雲南之絕景，聽說有上百個，我們先遊蔭翠峽，風光秀麗如小三峽，先穿救生衣上船，一船十多人，泛舟二公里，不過水是黃濁的，二旁為絕壁峭立，綠樹映掩，繼之登陸入洞，內有七大景區，迷人的地下景觀如：「驚魂峽」地下百公尺深，縱谷旁，絕壁棧道，斷崖切石，下為麥田河，澎湃濤聲，十分驚險。「疊虹橋」古河穿洞，滴水穿石，橋是天然石橋，橫跨二山之間，橋上有二對鐘乳石，似老人與龜。「神女宮」有各式晶瑩剔透鐘乳石、石花、石筍，亭亭玉立的仙女，一柱沖天。「雌雄瀑布」自30公尺高處奔流而下，聲勢驚人，如情侶相依偎。「神田奇觀」有100平方公尺，103塊，深1公尺，梯田式

碳岩溶成，如阡陌縱橫。更壯偉者為「雄獅大廳」可容千人，而積約1.5公頃，高三十公尺，洞口有一鐘乳石，似栩栩如生的雄獅，故以之名，大廳中養有一稀奇的九鄉盲魚，長16公分，因長久在暗中生活，眼已退化無用，四週展有石標本，上有數字，景物。因我坐的是擔架，三公里多溶洞140公尺深，一下就過去了，所見所知不多，什麼白象洞不見白象，蝙蝠洞不見蝙蝠，有些介紹，解說也未聽到，花費120元人民幣遊了二三小時（含小費20），即再出洞乘纜車下山，上車再奔往石林。

石林距昆明東南126公里，海拔1,750公尺，可是中途又遇阻車致下午五、六點方至，為全球聞名的地質景觀，中國四大景觀之一，千峰林立，相互競秀，鬼斧神工，奇形怪狀。最初見者為巨石上刻有紅色石林二個大字，繼之入內可慢慢觀賞，亦各有其名，如兩鳥對嘴、望夫石、劍峰石、出水觀音、駱駝騎象等石筍石柱，張果老石床，坐臥其上二秒鐘，會帶給你福緣，良心石在兩峰之間搖搖欲墜，心術不正者行其下石會墜下，石壁下刻字甚多如：「避秦疑無地，到比別有天」。萬石成林勝似仙境，佔地三萬公頃，長18公里，氣勢磅礡，如石海一般，蒼蒼茫茫，區內小路迂迴如置身迷宮，亦有小橋流水。科學家說：「二、三億年前，這兒是一處汪洋大海，經過地質變化變成了灰色的、高達五公尺的、突出地面的石海，經過地質變化變成了灰色的、高達五公尺的、突出地面的石林。」有大石林，小石林，中有阿詩瑪石，有段美麗的傳說，可從石階而上望峰亭，最高處可見石林壯觀景色，構成了雄、

奇、險、秀，幽雅的喀斯特地貌風光。絕妙迷人，可謂天下第一奇觀。遊了二、三小時，天都黑了，腿也酸痛了，才住入石林酒店休息。

所以有人說：「昆明是看石頭（石林），而其所繳之稅僅次於上海，上海看人頭，廣州看船頭，杭州看樹頭潮頭，蘇州看鳥頭，西安看墳頭，南北京看城頭，黃山看峰頭。」

八月卅日上午由石林返昆明途中，至七彩雲南停留，供大家血拼，因為此處為百貨商店集中處，有玉石、藥品、食物、應用品、工藝品等，據說貨真價實，而不二價，我們轉了一二小時，也有人血拚的。中午回到昆明吃到過橋米線，雲南道地風味，先是一碗湯，將肉片放入再放入菜等，最後放入米線及作料就可吃了，我和佳枝在台北吃過，是一下將一切都放入滾湯中，這兒的味道比較清淡，我們在台北吃的味道比較濃，到底那種比較道地呢？！

下午陰雲密佈，搭乘纜車上西山龍門遊覽，距昆明25公里，海拔2,100公尺，「一登龍門，身價百倍」，地勢高險壯奇，別有洞天，上接雲天，下臨絕壁，登高遠眺，滇池景物全在足下，高原名峯，湖水如鏡，湖光山色，令人陶醉，浪濤浩渺，數百里煙霧迷茫，無邊無涯，昆明湖美呀！據傳由楊如藍、吳來青二石匠吊在絕壁將整個山石刻了二座廟，由一七八一年至一八五三年，共費七十二年，經二代才成。一為送子觀音廟，一為文昌武帝（關帝）廟，在刻到獨占鰲頭魁星所持之筆斷了，後來雖然補上總是不祥之兆，所以昆明從沒有

出過狀元。據我猜想昆明氣候溫和，物產富饒，維生較易，不必苦讀，過去許多狀元大多是貧寒出身，經過飢寒苦讀方有所成。我們在纜車下車處，上望山上有一亭可遠眺，然而我們的目的不在彼，乃左轉傍山下石階約四百多個，由天台而下，方至二廟，旁有龍門，上有明珠摸之可交好運，附近有一石碑上：「大禹鑿龍門，盤古辟天台。」二廟亦飛簷朱牆，嬌艷古雅，在石山上鑿出二廟實非易事，必有毅力及大決心者方可成之，亦令人欽敬。

　　沿峭壁石階再下為三清閣，此時西山遊客亦絡繹於途。歸途中順路參觀華亭禪寺，建於一○六三年，至今已有千年了，廟門外有座鐘樓，樓前對聯：「寺繞千章，松蒼竹翠；出門一笑，海闊天空。」入寺有天王殿等。以正在整修，未能全部參觀，乃乘車回昆明，仍住邦克酒店，晚飯後至國際貿易中心三樓，欣賞大型歌舞表演「彩雲（夢幻）南現」，表演場序有：秘境神韻，雨林暢想，山野奇戀，邊寨流霞，月夜心曲，歡騰高原；場面壯觀，真是一流的包裝表演，表演者均是全國舞蹈得獎者，如：楊旭康，洪紅等。不論其燈光、服裝、佈景，內容、歌聲、舞姿均有水準以上演出，看畢猶有意有未盡，中外來賓均有，掌聲久久不斷。

　　八月卅一日，晨即出發參觀吳三桂廣大後花園，甚大甚美，林木茂盛，濃蔭蒼翠，綠草滿地，石道小徑，據言可打獵，並有鸚鵡園等，我們是坐車先上至高處，再慢慢走下來參觀，他處有名建物山土寶物，亦分別展示園中。如：鳳凰，牛

頭、虎尾等，其鐘樓有四層，鐘聲可達卅里，其金殿亦為我國現存最大純銅鑄殿，中供真武大帝，比北京頤和園萬壽山金殿保存的還完整，比湖北武當山的金殿還大，為吳三桂駐滇時所建，另有一大刀、一劍均甚大甚重，人拿不動，乃懸之避邪用，參觀了一上午即返市區。

下午即搭機經港返台，結束了這十一天又刺激又累人，探尋香格里拉之旅，全隊進全隊回，未生任何意外，因為他（她）們都是老病殘兵，大多在望八之年，諸病纏身，能有始有終完成此壯舉，其毅力、精神、勇氣實令人敬佩，其夫人的扶持、協助、鼓勵，安慰其功勞亦不小，亦十分辛苦。

崔述賢學兄作詩一首以描述，乃學友心聲，今錄之於後曰：「往事如煙到心頭，皓首鬂翁又聚遊，翠峽棧道碧波流，飛花和雨著輕舟，梯田雙瀑共溶洞，玉龍古城花滿樓，金馬碧雞永無疆，滿斟玉杯壽千秋。」

以紀念醫科四十六期畢業五十週年慶，舉辦七彩雲南（昆、大、麗、甸）探尋香格里拉之旅，是為記。

註：王愷為本班摯友，一起遊歷，特選他詳實完美記載為本書生色。

兩人共乘大飛機 78.03

　　民國七十八年二月初，本人出席亞洲無喉者協會聯盟在印尼峇里島召開的常務理事會，會期是二月三至四日，五號即可賦歸，當天恰是農曆初一前一天，依據飛機航程，應當可以趕回台北吃年夜飯。

　　會議如期舉行，三號商討參盟各國無喉者言語復建情況即應予支援事宜，四號到附近觀光景點遊覽，五號則搭機返台北，可乘早班公車由旅館至機場，但次日只有清晨五時一班，臨時因路途阻塞，要提前到04：30發車，當時我並沒有弄清楚到底為何阻塞？以為搭計程車會比較快捷，遂改訂計程車於六時赴機場。誰知只走了五分鐘，司機先生說前面不通必須繞道行走，穿過了一村，發現已有許多村民排列在路邊，車子難以穿越，雖有警察指揮交通，向其詢問如何才能到機場去？他則另指一路，循線前往，仍是不通；另有一對美國夫婦，也是要去機場而被阻，我們遂一起闖關，東衝西突，難越雷池一步。在另一路口又遇男女二位警察，對我們請求不理不睬，後來從人群中冒出一位先生，見義勇為的要幫我們找出路。遂請這位仁兄坐上我的計程車權充嚮導，此時將近上午八時，眼看我原訂搭乘返國的班機就要起飛，只有乾著急！細問之下，才知當地今晨在公路上舉辦馬拉松比賽，故封閉道路、交通，這時我

們仍依賴著這位好心先生幫忙，轉了半天，都是不通，他仍然是一籌莫展進而順勢就地開溜，我們也只好停在人牆後等待。至九時許，比賽完了，人也散了，當我趕到機場時已至09時40分，班機已去，櫃檯不受理，只好找經理商談。

　　經理先生開始時也說因班機已走，如要回台北須另行購票，稍後他忽然查出在11時40分將有一加班機由雅加達到台北去，正巧這時該機場亦有一班飛機馬上起飛要途經雅加達到新加坡去，他立即給了我一紙登機證令我儘速登機，我只好拖著行李擠上飛機，一小時後抵達雅加達，將在七號登機門轉搭飛往台北的加班機，但此時七號登機門口卻空無一人，心中以為或有變卦，還好飛機準時凌空，放眼望去機上只有兩人，另一位是榮工處派來印尼工作的張先生，要回台北過年。我倆坐在波音737內中央前排，看看電影、吃吃餐點，十分愜意。原訂搭乘的班機要途經新加坡接送旅客，而我們現在所坐的專機則是直飛台北，因為要接許多旅客到峇里島歡度春節去。飛機於下午05：20著陸台北，比原訂正式班機還提早了半個小時抵達，我約於下午七時返抵家門，剛趕上太太準備的豐盛年夜飯及水餃；感謝上蒼，如果沒有這趟加班機，我在心理上、經濟上都將有相當損失，「塞翁失馬，焉知非福」，然乎！

美國賭城

　　人性都喜不勞而獲，故都愛賭，唯程度不同而已，美國舊金山特闢Reno為賭城，每天都有班車開往，票價往返37元，領票時另外發給現金2元，賭籌碼7元，飯票4.5元，飲料2張4元，誘惑你賭，一進賭場，吵鬧不停，吃角子老虎最多，21點桌上押牌，各種方法應有盡有，一般人都知道十賭九輸，輸了總想再賺回來，贏了總想多贏一些，在此情形下，只有少數人見好就收，大部分都被賭場賺去，政府也收了不少賭稅，比諸一些地方禁賭，只知有賭罰錢，惹人抱冤也沒稅收，不如開放，因為不能戒人之貪心，其實電腦獎、六合彩、刮刮樂都有賭的成分。

註：美洛杉機也有相同汽車到Las vegas。

醫病雜談

老病吟

張斌　80歲　2006.04.

外貌堂堂體中虛	心肌梗塞需架支	89.04
血壓高亢永不降	幸有良藥可平抑	80.02
卡斯症候[1]久窺伺	老年氣喘為先驅	86.04
嗜酸白球近十六	坐骨神經雙侵蝕	
美國仙丹[2]能控制	該藥後遺別小覷	
雙目白障先發難	人工晶體救視力	87.07
骨質疏鬆跟蹤來	福善美錠[3]不能離	90.04
另有怪病也逸出	右足變大小腿粗	86.06
深部靜脈血栓症	化解妙劑[4]要點滴	
三月之後又重發	甚而左腿同遭欺	
更有意想不到處	四年之後再侵襲	91.01
九三二月急住院	右腦血循暫不勻	93.02.17
次月又罹癲癇症	發作二次不再生	93.03
之後體力漸衰微	走起路來如飄萍	
四月血栓向上延	右股靜脈現影蹤	93.04
再注溶劑一周許	效果不如往日神	
氣喘時發不易止	療法頻換難斷根	
難睡早醒妨暢眠	鎮靜眠藥很少停	
近又冒出乾眼症	人工眼淚不太靈	
迷迷糊糊視萬物	得過且過渡殘生	

註：1. 卡斯症候群是Churg Strauss Syndrome。

　　　　先有老年氣喘（Asthma）；數年後有嗜酸性白血球增多（Eosinophilia）＞10%，我的到59%；及多發性單一神經病變（Multiple Mononeuropathy），我的雙側坐骨神經侵襲而不能走動。

　　2. 美國仙丹係指Predinisolone。

　　3. 福善美錠名Fosamax，屬雙磷酸鹽，可防骨質流失及骨折，每週一粒要長期服用。

　　4. 化解劑，由靜脈注射Urokinase類藥物，可溶化血栓。

詠煞斯[1]

煞斯竄出億民驚　　虛無飄渺奪性命
星星點點被吸入　　支氣管壁炎症興
溫超38度永不降　　二天七日傳別人
胸腔鏡檢有混濁　　咳嗽氣促肌酸痛
源自廣東鄉野間　　冠狀病毒變種新
世人都無免疫力　　百分之百被侵凌
病魔襲入不顯眼　　附著病患四處奔
香港越南著先鞭　　新坡台北北京城
飄洋過海到北美　　多倫多市紮大營
先後死亡六百例　　肆虐感染終釐清
已獲病者單房治　　可疑病患隔離中
外出口罩掛臉龐　　進入公所測體溫
目前尚無特效藥　　提高免疫怕炎崩[2]
呼吸不順要插管　　減低病毒藥可吞
罹病之人日見少　　空街寂市又繁榮
雖有多人被救活　　隄防再發慎小心

註1. 該病初現，來勢洶洶被稱為非典型肺炎，大陸慣稱為「非典」，WHO
　　訂名為Severe Acute Respiratory Syndrome，取每一字首為 "SARS" 讀
　　為沙爾斯，響亮易記，有人稱為「煞斯」也頗有深意，自去年11月起
　　散播傳染，多人驚恐至今年5月才告一段落。
註2. 炎崩為發炎之猛烈反應免疫細胞產生過多細胞素，使患者不易承受，
　　施用高劑類固醇，可以緩和。

談瘧疾

瘧疾是國人常生的疾病，俗稱「打擺子」，病來了，有發燒且全身發抖，不知所措，病走了一切正常，一般多屬間日瘧，隔一天，定時來騷擾一次，約半個鐘頭，好像有計時精確的魔鬼，一定要定時來磨纏一下，因此有許多人想到如果在發病前半小時找一個地方躲藏起來，讓病魔找不到，則可逃脫苦海，而未想到病魔已在體中，更未注意到是由蚊子叮咬傳染，是一九〇一年英國羅斯（國父香港同學）發現此奧秘，次年還得到諾貝爾獎，但是其治療方法在我幼年時代尚未十分明確，十歲時我還偷偷到高粱桿堆洞穴中躲過二次，後來糊裡糊塗好了，是不是熏蚊艾中青蒿素而治好？不得而知，但是生過瘧疾不能免疫，當我上初中時又患上瘧疾，病來了回寢室中休息，會感覺床向一方面不停地斜倒下去，幾乎跌倒但沒有創傷，已知可用金雞納霜粉治療，吃過藥後還嘔吐一次才好轉，所幸以後沒再復發。

黑熱病（Kala azer） 39.7

　　初到內科病房實習住了一些剛撤退來台士兵，脾臟腫大、皮膚發褐，有時肝亦波及，下午發燒，胸骨穿刺抽液中且可查到Leishmanio donovan致病體，投以靜脈注射酸銻劑馬上好轉，令人頗有成就感，此病由小於蚊蟲之白玲子傳染，分佈在大陸中北部，在台沒有白玲子，故不會散佈傳染，以後也沒有再遇到此病。

牧羊者權充接骨師

　　我於民國十六年生於河南林縣（現已改名為林州市）橫水鎮東窰頭村，家道小康，祖父種田，略通醫理，且有小藥房一間，傷風感冒小病都可醫治。在我十歲時，同二位姐姐都寄宿於離家五里鎮內大姨父家，上區立小學，當時我讀三年級，那時候功課不多，且是全天，下午放學後，都在家附近空地和附近鄰居小孩玩耍嬉戲，直到天色昏暗，才回去休息。有一天早晨忽感左小腿疼痛厲害，不能上學，遂被送回家中，當時鄉下沒有醫生，祖父不能治，只好請一位中醫郎中來醫治，服藥一劑不見效，他認為這樣年齡小孩十分淘氣，可能是小腿骨折，才如此疼痛，那時候沒有西醫師及 X 光設備，只好當骨折來治療，商議後，遂請一位年長的放羊者來診治，因為羊群時常在山坡岸邊吃草，不免時有跌下骨折，故多半有治療骨折經驗，其方法多以木板條固定，三週就可痊癒。放羊的請來後，就以治羊骨折法來治我，找來幾根木板條，以繩子綁緊固定我的左小腿，此後疼痛更巨，哭喊不已，不能忍受，母親睹此情形，只好把繩子、木條解下來，但見左小腿又紅又腫，不久見小腿左上邊腫脹中間有一片白，才猜想中有化膿，要等熟透（紅腫消退）切開引流就可好，等了一週，腫真的消退了，左腿左上方呈一白點，是可以切開時候，但是沒有手術刀來切開，祖父

有辦法，找一塊破的黑磁碗，在塗磁的一面在石頭上刻一下，即會有一磁片落下且有一邊鋒利如刀刃，祖父知道用此輕輕切下，只許傷皮不傷肉？遂找鋒利一片在火上燒一下，在白點上輕輕劃破放出約10 C.C.白濃，傷口很快長好，至今左小腿上外側仍留一疤痕，每次看到，即會想到往事，所幸當時抵抗力強，沒有用藥也沒有併發症，揀回小命來，目前醫藥發達如發生在現在，X光一照即可確定沒有骨折，吃幾天抗生素則可，不會折騰那麼久。

疥瘡

　　住處髒亂，不免有疥瘡傳染，主要是有疥蟲鑽入皮下，多在手背下及其他踝露部分，當在休息的時候，它就爬出來在細胞間吸吮附近組織血液維生，且分泌一些液體使血液不凝固，且奇癢無比而需用力狂抓，甚至抓破而疼痛，故有「癢起來千金難買，疼起來皮錢不值」之語，可能在三十二年流亡西安，很少洗澡，住處不潔而遭傳染，至三十三年我到鳳翔輔導處就讀時，十三人住一宿舍，並排的睡下，更易互相傳染，全處學生生疥瘡的有二十餘人，有人建議用硫磺水洗澡一段時間，可能痊癒，學校遂集合我們患病的在假期帶了伙夫、伙食及零用物件到附近郿縣槐芽鎮去洗二週硫磺溫泉，我們開車前往，住入一所小學中，借人家廚房做飯，每天上、下午至村邊河中各洗澡一次，其他時間徜徉鄉間看書、聊天、下棋、唱歌，如此渡過二週歡樂假日，疥瘡好了許多，並未完全治好，次年春，我考入西北農學院經濟專修科，一年級新生按規定先住大寢室中，兩人合用上下舖的木板床，床上接縫中臭蟲很多，白天看不到，晚上則爬出亂咬吸血，很難入睡，但因為我生疥瘡，被排出大寢室住於醫療室中，睡鋼絲床，單人居住，且可以天天洗澡，疥瘡很快好起來，可謂「因患得福」。

繡球風大流行 38.10

　　此繡球並非以前選婿女郎拋出繡球，而是兩睪丸同時發炎紅腫如球而獲此美名，當我們由上海來台後，住在台北水源地三層鐵絲網床大禮堂，旁邊尚未建院牆，可以輕易溜走出去就是淡水河灘，當時比較自由的只有男生，經常赤裸裸的跳入河中洗澡游泳，這些由大陸來的人，對黴菌造成睪丸炎都沒免疫，一人染上，附近男士接踵被傳，當時到醫務室看病的都是睪丸炎——繡球風——經塗藥治療很快痊癒，以後也未再復發，近來也很少見到此病。

宣德冤死

　　初中好友楊宣德在大陸參加52軍，在四十三年十月十七日，當時任34師100團第6連陸軍上尉，四十三年十月該軍演習，他因腹痛而未參加，也不先送醫院檢治，等演習完畢再送醫院時，已因腸破而成腹膜炎，不能治療而去世，之後被埋於桃園縣埔心車站附近山坡地，以後其周圍又埋了不少人，成了亂墓地，以前每有假日，我總會約同鄉克儉、郭義到他墳上燒燒紙，以後蔣偉國當聯勤司令時，曾在汐止附近五指山上設立軍人公墓，交通不便，本想申請把墳遷過去，但他家人都在大陸，他也未成家，也沒後代，只好仍留原地，永留異域。

　　當時我是中士學生，申請無門，人微言輕，希望以後應重視人命，不再有此事發生才好。

偏方治病　鹽霧治氣喘　　　40.10.7

　　氣喘是呼吸道的疾病，支氣管發炎以及有不正常的收縮，因吸入空氣氧分的不足而致發病率高而難治癒，因此採用許多辦法來治療，鹽療是其中的一種。

　　我因患氣喘多年，永未治癒，八十二年回鄭州探親，鄭州省立肺病醫院有鹽療治氣喘病的方法，遂由妹妹引薦試試，據說是由俄國引進，該國醫生發現氣喘病在鹽礦中工作的人很少發病，認為可能其中含鹽分較高而使氣管比較穩定而不生氣喘，因此修築一鹽療房，可容三十人左右，牆壁走道皆鋪鹽層，而且在治療時不停的噴入鹽霧於其中，達到0.9濃度而停止，不足時再加噴入，患者進入屋中坐下聆聽音樂或看電視，每次一時30分為一節，規定10次一療程，我因時間緊湊而未做完，但是也未見好轉，等我第二次到鄭州拜訪該院時，未再有鹽療設備，可知此方非絕對有效。

食道癌及鼻咽癌

　　說也稀奇，在我老家林縣及常住台灣分別是食道癌及鼻咽癌的高發區，二次大戰後，世界各國曾派許多癌症專家到林縣去研究此病，未有重大突破，可能同長期吃漚菜內含硝酸鹽（冬日無青色蔬菜，而吃漚的紅藷葉）或喜燙熱飲料有關，目前已加改善，發病略減少，而移民至其他地區仍多發病，患者多集中在任村東崗地區，約有四分之一的人染病，像移住台灣，程萬寶縣長，他自己及其女兒月竹，二婿彭清駿和郭世榮先生都先後因食道癌去世，移住其他地方也一樣，同遺傳可能有關。而鼻咽癌在我國東南沿海發病者較多，實際病因尚未找出，但患者血清中伊比病毒的VCA抗體IgA，IgG的力價皆會升高，遺傳基因也有牽連，目前分子生物學研究突飛猛進，人類基因組定序也已完成，如能找出能消除其致癌基因，可預測將來發癌機會日漸減少。

榮寶峰教授在台首做全喉切除術及其後治療趨勢 45.9.14

　　我國人患喉癌的不少，以往缺乏適當治療，至晚期時，不僅呼吸困難，且不能說話及吃東西，死狀甚慘，榮主任前些時赴美學習先進治療方法，近收一位由花蓮來的喉癌末期患者，是一位實習醫師父親，榮主任仔細檢查，決定親自操刀，先把生瘤喉頭分出，請麻醉師把麻醉管轉插入氣管中，然後封閉咽部傷口，切掉喉頭，把氣管直接開口於頸前。首次做此手術，做了13小時才告完成（目前一般二小時可做好），可惜以後沒人專人教導這些無喉者再說話而成啞吧。全喉切除後，聲帶也被取去，被稱為無喉者，無喉者們再講話十分重要，經過不斷改進，如能以咽食道段談話，稱食道語及咽食道瘻管話，如用其他法輔助，又分電喉語及氣動人工喉語，目前本國喜用本國製造便宜易學氣動助講器語，近來研究晚期喉癌的治療，全喉切除手術同完整的放療加化療的結果差不多，無喉者的數目可能會減少，在七十一年我在榮總耳鼻喉科任主任，當時全喉切除者日漸增多，他們多麼希望再講話！尤其在六十九年三月十五日，日本大阪無喉者阪喉會（日本第二大）無喉者20人來台參訪，他們人手一支氣動人工助講器，皆可侃侃而談，我國無喉者十分欽羨，後來李福生先生加以仿製成功，分發大家，

七十二年曾派我們語言治療師盛華小姐赴美學習，獲得食道語老師資格，七十三年，蘇榕先生將氣動助講器大加改善，全用塑膠，便於攜帶，發聲盒由圓形改成方形，發聲宏亮，便於調節，深獲大家喜愛，於一九八六年也由全國無喉者們成立了中華民國無喉者復聲協會（圖206-1），而且也參加亞洲無喉者同盟會及世界無喉同盟會，企能不斷提升及改善無喉們生活。總結各種再說話方法，特編歌如下：

無喉者復聲頌

人有聲帶能言語	禽獸不可與倫比
不幸罹病摘喉頭	聲帶隨之一齊丟
幸賴先賢巧設計	研練多法來代替
最好學用食道語	談話自如唯低細
或用氣管食道瓣（瘻）	發聲便捷需手按
助講器具有兩種	一為電子一氣動
前者需置頸下摩	後者搭橋發聲宏
不論採用何方法	有聲才可再溝通

因為無喉者能說話、再溝通十分重要，上列四種方法應選何法，食道語學習較困難較慢，但能學成最好，目前在歐美喜用氣管食道語，東亞無喉者喜用氣動人工助講器語，能再溝通最為重要。

家父骨折治癒

世界第二次大戰結束後，日本屬戰敗國，全部撤回，家父被派為豫北湯陰縣縣長，政府有意向北打通平漢線，以統一全國，但遭致已住佔中共軍的阻繞，在前線有高樹勛及馬法五二個兵團，高的態度不明，馬後被俘擄而未能成功，不久安陽被共軍攻陷，再包圍湯陰，鏖戰月餘，彈盡援絕，而被攻陷，家父換便服携表哥全金（時任衛士）在晚上跳下城牆逃亡，但右腿骨折，行動不便，發現附近共軍巡邏過來，家父不願連累表兄，指示他向左前方去，他在附近一口井邊跳下去，以了殘生，真是命不該絕，井中水深數尺，跳下去並未受傷，而有反作用，把他彈至水邊平地上，次日該共軍記得此井曾有物被投入，遂跑來尋找，是否有槍支或其他物品在其中，張望下去，卻發現一位老先生在井下水邊坐者，遂找一條粗繩放下去，令家父攀繩上來，家父想上去也是凶多吉少，不如再落入水中溺死算了，故在被拉到一半時，又放手落入水中，同樣的又被彈上水邊，家父以為命不該絕，當第二次繩子放下時，被拉上來，問他操何職業？為何掉入井中？他說平時擺香煙攤昨晚經過此地不幸掉入井中，共軍找附近人來指認，家父為官對民眾很好，該被問民眾說，正是如此，遂帶領家父到他家中，因為骨折不能走路，決定到鄭州去醫治，由這家夫人護送南行，路

上遇共軍崗哨，曾勸父親留下治療，但說在兵荒馬亂中，這裡器材缺乏，不太方便，到鄭州住入華美醫院，x光檢查是右腓骨骨折，施以石膏固定月餘骨折才長好，但右小腿仍有浮腫，父親後被派為住洛陽民政廳視察，曾數次到洛陽北邊平樂鎮郭姓骨科醫院診治，他認為骨折已長好，只給一瓶藥粉，以此撒在腿上時時按摩，每天二次不久痊復。

註1. 據說洛陽北平樂郭家，是祖傳接骨專家，全國馳名，其術傳子不傳女，其訓練接骨方法是教兒子在暗夜中把所有骨頭依序整齊排好才算及格，因此全國骨折無法治癒都都會到平樂來醫治很少失手，西安事變後，蔣委員長也來光顧，效果很好，曾勸他應該設學校授徒而不成，大陸變色後，他們曾在深圳開有骨傷科醫院，由郭春園醫師主持，很受群眾好評。

有關骨骼二則

一、如何製作人體骨骼標本：（34.3.3）

　　進入醫學院，開始上解剖課，教授首先講骨學，告訴我們，最好大家有實用標本，才能獲得明確智識，目前郊外亂墓很多，你們不妨去揀一些回來，但要注意下列幾點：

　　(一)先看墓碑，至少要三年以上，否則尚未完全腐化。

　　(二)不可親手接觸屍體，怕中屍毒。

　　(三)必須是在亂葬處，可無後患。

　　(四)取回後先煮沸五分鐘，再放入石灰水中浸泡三天，取出後在日光下曬乾，依序上下銜接，才能應用。

　　之後我們遵囑，分成數組，抬一大籮筐，去到西城門外尋找亂葬墳，因為沒有正式主人，埋葬很簡陋，有的棺木蓋子已露出土面，用鐵鍬挖掘時，必須站在旁邊土丘上，由於木板很薄及腐朽，一旦斷了，會掉入棺中，一位同學一隻腿跌入棺中，於是大叫拔腿就跑，等一會發現沒有事，再回來挖掘，我們這一組，把一具棺蓋掀開，見屍面頭髮仍完好如初，但一經碰觸即告脫落，我們帶回骨架，先加以煮沸，再浸泡石灰水中，曬乾成一完好骨架標本備用，如想把頭顱裂開，不可用強力或鋸斷，可將黃豆塞入其中，加水令其發芽生長，其生長力強大，可把顱骨依其自然裂縫張開。

二、鐙骨（身中最小二根小骨）

　　維持身體直立及形狀，依靠體中有206塊骨骼支撐，兩側多半是成雙成對的，靠近中間的，多單獨存在，其中最小的二塊在兩側中耳內稱為鐙骨，中間有一圓孔，前後有支架上部聯合，下為橢圓足板，很像騎馬之馬蹬而名之，其高度只有了3mm，足板長度約3mm，寬約2mm，恰好蓋在內耳的卵圓窗上，且成一關節，可以隨聲波上下移動，該骨長的雖小，卻有相當用處，它屬於中耳聽骨鏈之一部，上連砧骨及鎚骨及耳膜，當耳膜接受音波刺激後則由聽骨鏈傳入內耳之外淋巴液，由於外淋巴之波動，促使柯替氏（organ of Corti）上之蓋膜同其下面聽覺毛細胞產生剪力作用而產生動力電位，向上傳達而成聽覺，如鐙骨發生變化或固定，聽覺可能受到影響。

　　嬌小的鐙骨如何包繞一個小圓洞，在發育期頗有意義，在胎兒之早期，供應腦中之血管恰從此骨中穿過，稱鐙動脈，這是一條過動性血管，到腦中血管形成後，自形萎縮而留下此一圓孔，但在鼠類之中耳泡中，此血管並未退化，打開耳泡，即可看到一條血管仍由鐙骨穿入腦內而成中腦膜動脈，但在人類，很少有鐙動脈殘留者，如有殘存，多是十分纖細且無用處，許多人認為胚胎之形成發育，即是動物之進化過程，可推知鐙動脈在胚胎期有相當之作用。

醫師糗事

一、醫師小偷　43.12

　　住在台北801總醫院醫師宿舍中，口袋中錢不時會遺失，我於四十二年八月十日由嘉義赴台北辦事，因事住入醫院宿舍中，公款400元被竊，甚至外科醫師要手術時，必須換掉工作衣，也有丟錢的可能，有一次，楊樹滋醫師到中心診所幫助開刀，因時間急迫，換衣衣櫃沒鎖好，手術後發現工作衣內的錢被偷掉，立速報警查驗指紋，結果發現是位住院醫師吳永富，他由其他醫學院畢業，長得英俊瀟灑，談吐大方，卻做此偷偷摸摸勾當，後被調走，人而不能貌相，豈其然乎！

二、醫師賣血　40.1.12

　　到台北後，軍醫待遇並不高，醫師營養尚需美援會補助，並無其他收入。當時尚無血庫或其他捐血組織，病人如需輸血治療，則需主治醫師設法，當時每cc/20元，先在同仁間找賣血對象，因為許多同仁都有賣血經驗，損失一點血沒有大關係，我當時適在婦產科醫院見習，遇機會賣了200cc，之後買雙皮鞋及衣褲，裝裝自己門面，目前有了血庫，且有多人捐血，不會再有此事發生，而且醫生收入增加，不可能再有此事了。

三、醫師被砍　39.10.11

　　許多人不講道理，十分自私，住院老兵也是如此，當時四十二期李彩庭是801醫院住院醫師，一位消化性潰瘍患者經治療後可以出院，李醫師奉命勸告，他是一位文書上士，初中畢業，不願出院，但在病歷中已寫好出院證明，對李醫師甚表憤怒，曾到醫生住的樓上吵鬧，到午夜時，悄悄把樓上燈關掉，又過時許，該患者換上軍服戴面具，攜刀上樓，黑暗中摸清李醫師房間，摸到他的頭，一刀砍過去，回頭入病房裝睡，李醫師疼痛難忍，高喊有人行刺，兇手已跑下去，郭進開燈一看，李大夫已躺在血泊中，急送開刀房，請鄭不非大夫處理，所幸傷口在左眉上部，止血後縫了幾針無大礙。馬上到病房中查看，該病人住在45病房32床，兩眼圓睜，呼吸及脈搏加速，且雙手有血，查證屬實，送軍法處理，李大夫以後除左眉上有疤痕外，尚可繼續工作，以後作皮膚科主治醫師

四、醫師被刺　72.1.5

　　校友五十一期汪叔游醫師服務於板橋亞東醫院，輪值夜班，因為流氓互相打架，他正在處理一位出血患者，另一流氓取扁鑽，對準汪大夫腰部猛刺一下，血流如注，速送三總急救，才活一命，對於急診事故應特小心。

五、醫師被炸　39.12.20

　　本班高培模醫師他的同事郭醫官因催趕病癒病人出院，病人神經系系取出手榴彈，擬同郭同歸於盡，爆破後共傷五人，高恰在其旁，遭池魚之殃，左眼珠受損，以後只有裝義眼工作。

無妄之災 46.6.22

外科較大手術，需要全身麻醉，要把麻醉氣體由插入氣管中橡皮管送入肺中，手術做好再抽取掉，插管是一項技巧，要小心從事，令病人仰臥，頭儘量後仰，以局部麻醉藥先麻醉口喉，再插入硬性喉管鏡，前端輕挑舌頭及會厭，後端會碰到門牙，如用力不當或頭後彎不足，或者門齒已鬆動，則有可能掉下而被滑入氣管甚而至肺內，今天開刀房中即遇一位倒霉者，麻醉上妥，卻發現門齒不見了，經透視此牙丟入右肺中，請ENT榮主任馬上作硬式氣管鏡但找不到牙齒，不得已又請胸腔科盧光舜打開右肺，才把丟牙取出，未做正式手術而先找牙齒，冤透了。

註：另外有人拔牙，誤把好牙拔掉，需再拔一次，開扁桃腺，切掉一邊尚在口中而被吞下，故施術前應十分注意才好。

終身遺憾

　　身為醫生以治病為天職，有些病應當妙手回春，可獲病人讚美，自己也有成就感，但是有時天不從人願，醫治後變的更壞，甚而往生，怎不悔恨呢！

　　一、七十六年三月四日，加拿大一位老太太因患慢性額竇炎，時流鼻涕、頭痛，多年未癒十分煩人，風聞台灣醫療水準不錯，特由加趕回台北醫治，游走數家醫學中心，每家都保證可以醫治，她最後選擇到榮總由我主治，病人由國外來，倍加小心，電腦斷層X光片顯示，左額竇部分骨頭特別濃厚且位置較高，在全身麻醉下打開上額竇找出病灶，加以清洗，這時最重要考慮，絕對禁止有感染向上傳染，會形成腦膜炎，遂找塊人造腦膜加以封閉，因為此處距腦很近，特又請神經外科醫師會診一下，他的觀點不同，把人工腦膜撤除，以附近肌肉加surgicel來封閉，傷口並不大，術後病人神志清晰，感到愉快，誰知好景不長，五天後則感頭疼，噁心不思飲食，十日突然不能呼吸且有高燒，呈敗血性休克，血壓下降，投以Dopamine無效，四天後上腸胃道出血，十六日去世，檢討此病人，如不行手術，一定尚可活一些時候，手術當時應當機立斷，應少動危險傷處，施以嚴密封閉，一定不致發生此不良後果，事後病家自任倒霉，但我每念及此心中永遠後悔而無法彌補，但也無法重新再來一次，所謂當斷不斷，反受其亂。

二、再熟練手術，也不可大意

此案非本人所做，但仍需小心，有一位幼童時患復發性扁桃腺炎，時時咽痛發燒，經某一名醫師診斷需手術切除，扁桃腺在咽後兩側，血液供應豐富，術後止血應十分萬全才成，小孩當然不喜歡接收口內手術，當時某電影院正放映米老鼠卡通影片，小孩雙親同他說好，術後馬上看此電影，小孩才同意手術，全身麻醉下，手術不痛且十分順利，傷口在術後總殘留一些血跡，開始並不嚴重，不幸以致流血較多而被自然吞下胃中，小孩昏昏沉沉也不能表答其難過情形，半夜時，因肚脹吐出一大灘鮮血，醫生再來時，血壓陡降而告不治，雙親事後悔恨亦無濟於事，一週後，兩人抱了一張兒子放大照片在西門町電影院買了三張票合看電影，看到此景的人莫不心酸，可知動刀就有危機存在，能不慎乎！

三、意外發生，十分難防　57.8

由國外進修回來，對中耳內情況了解比較更清楚，同時有手術影微鏡不應遺漏病灶？而傷及重要組織，當時有一外科同仁介紹他的朋友患雙側中耳炎需手術治療，因顏面神經由腦內發出時要在中耳內繞一下，鑽出來再分支到顏面各肌肉，以表示喜怒哀樂之情，中耳手術要點就是保護此神經，首次先做左耳小心翼翼刮盡中耳發炎組織，在顯微鏡下，並未看到此神經，它應當仍在骨管內而未露出，術後傷口長的良好，可是左邊半邊臉出了問題，左眼既不能閉緊，也無抬眉皺，失掉一切

表情，隨後又做右邊手術更加小心，也未碰到神經，但術後右
邊臉也不會動，令人十分失望。

侵襲腦部病變 93.2.16-3.17

　　自知我已有氣喘，高血壓及深部靜脈血栓症等慢性病，在細心防護下，尚能繼續工作，九十三年二月十六日我尚到中心診所看門診，午飯後，打算坐捷運到火車站附近無喉者講習班看看，中午車上空位很多，有座位可坐，到火車站應下車時，要站起來時突然跌倒，旁邊馬上有人扶我起來，被送至售票亭，車子也多停了一些時間，但我沒有感到頭暈或其他異狀，他們問我是否要送醫院檢查，我立即謝絕，略微休息，慢慢步行至青年服務社無喉講習班，一些患友們看到我今天比較衰弱，說話不太清楚，馬上打電話到119派車送我到醫院去比較妥當，由蘇榕陪我一起送入榮總急診室處理，同時喊兒媳曾淑芬來照顧我，在這段時間，左上下肢突然不能動而且說話不清楚，持續一刻鐘左右，一切好轉，是典型腦部暫時性缺血（TIA），遂轉入住神經內科，立即做磁震造影檢查，在右腦部有一小片發白，可能是出血，後又轉入癲癇加護病房中，因我已有常期服用Caumadin，不好再給其他藥品，因此又轉入神經內科病房，住了幾天，情形穩定，出院休養。這時，嵩兒同淑玉由美歸來一起生活，至三月十七日下午，嵩兒發現我突然神智不清，兩肢抽筋，由座椅上倒下來，他知是癲癇發作，馬上打119再送入至醫院急住神經內科，入院後又曾發作壹次，但是腦電波檢查，並無異常，再做磁震造影，病變稍擴大，以後出院沒有再發作，吃了一年dilatin即停用，希望腦病變不要再擴大才好。

附　錄

祖父[1]墓碑記　　　　　　1989.9.2于福田[2]

　　祖父過世，先安葬曲山自己田地中，中共當權後，此田被政府分配他人，六十九年我首次歸鄉掃墓才立碑紀念。碑文豎寫如下：（圖205-6）

念吾先祖	逝壬午年	享七旬六	銘記心間
刻苦樸實	務農維艱	寬厚待人	持家勤儉
性格爽朗	平易樂觀	頗通醫術	捨藥救殘
治家教子	慈嚴相間	次子守魁	施政四縣[3]
憶吾祖母	性好行善	品質溫良	恩惠澤遍
巾幗楷模	尤堪稱讚	借今複蒙	鐫石留念

註1. 祖父務農，喜置產，二十七年在曲山附近買地二塊，而且喜歡葬於此，能葬在陽氣較旺地方最好，故每在下雪次日，他到田中找雪最先融化地方，最後找一塊為以後（一九八九年九月）埋葬地方，但住民向外發展九十九年時將到墳地，政府也下令田中墳堆一律推平，特於二○○一年移歸窯頭，福田哥出力最多。

　2. 于福田表哥是二姑次子，比我長一歲，在小學同班就讀。戰時都在家鄉小學教書，因為他曾說「美國往日本廣島長崎丟了原子彈，日本才投降而不是被我們打敗」，就被打成反革命，被遣送青海省勞改，一去二十年，直到七十九年十一屆三中全會後，才平反回家來，六十九年起，我每次回鄉探親都經福田哥同縣府統戰部先連絡，做事頗順利，一年前患咳嗽，近來加劇，二○○六年三月曾送安陽治療，已至肺癌末期，四月五日接回家中，四月六日病逝。

　3. 四縣：安陽、林縣、涉縣、湯陰

先父　張守魁先生事略　　1989.1.1 孫新科

　　張君字繼武，河南林縣人。生於民前八年，先世耕讀傳家，家道小康。幼時敏而好學，志向遠大，先在村塾攻讀，繼則遊學開封，畢業於法政專門學校。張君體格健偉，性情豪爽，能言善辯，膽識過人。民國十七年，國民革命軍北伐，攻克林縣，張君初膺縣政府宣傳處處長，繼任中國國民黨林縣特派員。其間宣傳主義政令，組訓黨員，查禁纏足陋習，根絕吸食毒品，朝氣蓬勃，成效卓著。因林縣傍近太行山麓，交通不便，風氣閉塞，民智未開，腐朽當道，張君洞視詬病，嫉惡如仇，有機會服務桑梓，即以打倒土豪劣紳、獎掖青年才俊為號召；以破除迷信、革新政務為目標。經過一番努力奮鬥，政風為之丕變。十九年林縣試行地方自治，張君膺選為第六區區長，並兼任林縣自衛團副團長，時安、林邊境，土匪猖獗，擄人勒贖，時有所聞，張君親率幹員，冒險清剿匪穴，一次即緝獲著匪十餘人，大多奉命就地槍決，不久閭閻安堵，四民頌德。二十四年夏，調任第一區區長，負責認真，夙夜匪懈，政績居全縣十區之首，頗獲上級嘉勉。二十五年春，豫省各縣奉命改區設署，區長應迴避本籍，遂專任副總團長，旋調任縣府秘書。是年夏，奉派為安陽縣第四區署區長。民國二十六年，七七事變，日軍侵華，冬季進佔安陽，斯時第三區行政督察專

員兼安陽縣縣長程起陸先生奉命撤駐湯陰,特保荐政績優良之張君代理安陽縣縣長,即於第四區署所在地水冶鎮設立縣府,組訓民眾,支援關麟徵部隊,打擊日軍於六河溝及漳河沿岸一帶。二十七年春,奉調林縣縣長兼第一戰區太行山國民抗敵自衛團司令。斯時新編第五軍孫魁元部、河北民軍張蔭梧部與冀察豫晉游擊縱隊司令李福和部均駐紮縣境,第三區行政督察專員公署亦移駐林縣,可謂上級分歧,眾軍蝟集。縣府一面籌供浩繁軍需,協調部署防務;一面成立地方軍政幹部訓練所,訓練幹部,組訓民眾,實施連保自衛,分區設防。內防奸匪竄擾,爭取民心,加強團結;外則配合駐軍,抗擊日、偽,鞏固地方,保衛鄉邦。此時豫北各縣多告淪陷,唯林縣一片淨土孤懸北端,山巒起伏,地勢顯要,為華北抗戰重要基地。二十七年春與二十八年夏,華北日寇糾集偽軍,曾兩度侵襲林縣縣城,欲拔除豫北芒刺,張君指揮團隊,配合駐軍,奮勇迎擊,各激戰月餘,將敵擊潰,驅逐出境。林縣能雄峙敵後,屹立多年,實張君奠其始基也。二十八年秋,奉調涉縣縣長,時共軍第十八集團軍總司令部即設於該縣,在雙方對峙局面下,防奸肅宄,肆應周旋,艱險之狀,匪可言喻。二十九年夏,奉令赴戰時首都重慶受訓,結業後仍回原任。三十二年夏,太行大會戰後,奉調河南省政府民政廳視察。民國三十四年抗戰勝利,復奉派為湯陰縣縣長,以多年與共軍奮鬥經驗,霄旰辛勤,政績卓著。三十六年四月,共軍擴大叛亂,其劉伯承部傾全力圍攻湯陰縣城。張君與駐軍合力扼守,激戰匝月,同仇敵愾,殲

敵甚眾,但共軍後援不絕,以人海、地道戰術輪番猛攻,因眾
寡懸殊,彈盡援絕,五月十二日縣城終被攻破,再經過慘烈巷
戰後,時任第三縱隊司令之孫魁元將軍及其重要幹部多數被
俘。張君於城陷後化妝突圍,攀躍城牆而不良於行,在情況警
急下,因恐被俘受辱,乃抱不成功即成仁決心,毅然投井殉
職,幸井水之翻滾將張君拋至水邊,未受絲毫損傷,後賴當地
民眾援救出井,瞞過共軍詢查,搭車掩護脫險,轉送鄭州就
醫。由於張君平日勤政愛民,民眾感恩圖報,始不惜於急難時
捨命救助。在鄭州華美醫院診斷是右小腿骨折,以石膏包匝月
許即告癒合,之後又到洛陽平樂施以復健,消除患處浮腫,數
月後仍能健步行走,戮力從公,轉任省府秘書。不久河南易
色,西去陝西,西安棄守後再奔陝省西南略陽避難,斯後曾出
亡至安徽蚌埠,即失去行蹤,未再有信息。德配王夫人,溫靜嫻
熟,勤儉持家,曾隨張君流離多處,飽嚐戰亂之苦。男公子四,
長衡湘(斌),服職於台北榮民總醫院,為名耳鼻喉科醫師;次
丙祥、三錦湘,因戰亂奔波,未能完成學業,分在山西太原、沁
縣建築公司工作;四煒湘,經商於邯鄲。女公子三,長書勤,適
同邑朱僧佛先生,婚後住陝西華縣,不幸因產後失調早逝;次汴
琴,因肺癆於及笄之齡去世;三慕勤,適江蘇唐朝明先生,自己
服務於鄭州人民醫院,精嫻胃鏡檢查。張君平生豪爽勇毅,英武
果決,立身行己,光明磊落;對國家盡忠職守,對父母恪遵孝
道,臨大事風節嶙峋,遇急難大義凜然,惜大陸沉淪,生死未
卜,可慨也夫!

註:孫新科先生為家父生前摯友一起工作十餘年

憶慈母

1998.1.1　張丙祥

　　母親的愛是純潔而偉大的，三十年的苦難把母親折磨得夠苦，但母親並沒有屈服。

　　四十七至五十一年間，母親靠自立更生紡棉花織布維持生活，媽媽紡花，大嫂廉勤織布，賣布買花，如此反覆從中求利，錦弟每日下學後，上山砍柴，以供燒湯煮飯，數年如一日，媽媽說：被掃地出門，從老家搬出來，被迫住到窯頭村西北邊荒院，破房四處透風，裡間也無頂柵，後牆無泥壁，都是用手一把泥、一把泥抹起來的，冬天時冷風直往頭上灌。

　　五十一年秋，我從甘肅回到窯頭村，家貧如洗，且沒有口糧，為了度過寒冬，母親在村裡挨門討要紅薯，好心人家多給之，只有少數家不給，母親為了兒子們能活下去，雖低三下四，走路也得看人臉色，皆不以為逆。

　　過年也吃無肉的餃子，無炮也一樣祈神叩頭，不跟大伙走，由小道也去祖墳上香祭拜，祈禱神靈保佑，並求祖宗寬容下代。

　　追憶母親，為了養活我們，連明搭夜給人家紡花，母親動作均勻，有節有奏像美妙的音樂激動了我的心，「嗡嗡嗡，紡車聲，娘的心，在兒身，娘養孩兒多辛苦，娘養孩兒為終老。」我內心默默對母親樹立崇高的敬意。

　　六十三年秋，我在外收到母親有病的信，請假回家，當時錦弟出門去修紅旗渠，母親腳上生瘡，不能走路，但是要活下去，只好把鞋底綁在膝蓋上，爬著出去升火做飯，爬著上廁所，親眼目睹，淚流不止，母親是在強撐著活下去。

　　母親給我講起往事，前年在左腋下生一大瘡，起居不寧，向大隊請假到南採桑村外科醫院治療，借到一頭驢騎著去的。次日大隊派人去說，支書不准住院，只許在村上治療，支書的話就是命令，只得步行回家，母親淚流滿面，可知母親內心的疼痛。後來查出娘的瘡全是結核菌，此後打了鏈黴素數百支才得根治。

　　六十六年，我隻身一人回老家，接受貧、下。中農的再教育，無形中給母親添了愁上愁，頭上的白髮加多，臉的皺紋加深，母親臉上時時有種不自在的神態，可知母親的難過心理，外加批鬥會的頻繁並加上「打倒地主」的呼喊聲及掛牌遊街示眾，數年不停，神鬼皆驚，好像心中有千斤重擔。

　　枯木何能開花？但神奇的變為事實，我與妻數年分居，不合則離或不離則合，處於緊要關頭，母親毅然決定，離婚也把孩子要回來，不離就回來過我們的窮日子，要餓死大家通通在一起，最後徵得我妻同意一併回老家，在這極端窮困的時刻如何生活？母親肩挑重擔，我和錦弟憑勞動養活全家，年終結帳，除口糧錢外所得幾十元，油鹽開銷也成問題，只有變賣家中可賣之物，把家中唯一木製織布機賣啦，姐姐給的幾斤麻要納鞋底也給賣啦，燃眉之急，不能等待。年年口糧不足，連紅

薯乾、谷糠也找尋不上，母親人情用完，辦法使盡，求天天不
應，求地地無門。因此母親焦急憂鬱始得心臟病，除姐姐每年
能接濟一些外，另無可想。

　在三座山的高壓下，一是地主成份，二是偽縣長，三是海外
關係，娘有滿肚怨氣往哪吐，總盼哥哥回來能訴說給他聽，好解
心頭之悶，總忍著一切，盼著遲早總會有那麼一天……，盼著，
等著，直到八十一年冬，終於收到哥哥的來信，母親高興不可言
喻，馬上往太原給我寫信，往沁縣給錦弟去信報告好消息，當我
過年回家，娘把信轉到鄭州妹妹家。過年前四姑還來看咱娘，下
午母親約四姑到西河看戲，四姑因事沒來，我用小車把母親推
去，高高興興去到戲台前。母親哪是看戲，而是把內心喜悅告訴
所有相識的人「我的大兒子由美國來信了……他不久會能回來
的。」意味著我熬的有指望，以後有好時光過啦！母親像是給天
下人宣佈，我終於勝利了，盼望兒子的希望實現了，我這當娘的
可該放下了。母親如此高興數個月就與世長辭了。

附註：共軍於三十六年（1947）進佔林縣，因父親曾做過安、林、涉及湯
　　　陰縣長，且是地主，我家被判掃地出門，父親以後流亡至陝西及其
　　　他地方，我則隨國防醫學院到達台灣，家中只留伯母、母親及弟弟
　　　妹妹們，不久伯母被批鬥冤死，生活艱困，無以維生，幸賴母親傾
　　　全力不屈不撓維持殘破家庭，一直撐到民國七十年（1981），母親
　　　才收到我由美國寄回一信，欣喜若狂，可惜我於畢業後，一直在軍
　　　中及榮總服務，其係公職，不能及時回去探親，未能同母親見最後
　　　一面，是終身遺憾！

我的伯母

張慕勤

伯父母結婚不久，伯父因病去世，伯母（俗稱大娘）一直守節在家，單身一人，沒育子女，但她有偉大的母愛，對侄兒姪女們，愛護有加，我就是在大娘的呵護下長大的，記得小時候睡在大娘的被窩裡，她給我說些小曲兒聽，破謎兒猜，哄我入睡。

大娘沒有文化，當時女生沒有受教育機會，但她愛聽善話，像秦雪梅吊孝，靈英女守節，白海棠割肝救母，她都能熟記在心，還教我學。

大娘回娘家，總是帶著我，住在二舅母家，二舅父去世早，舅母也是獨身一人，真可謂同病相憐，心心相印，但她終於耐不住寂寞，二舅母改嫁了，按照農村習俗，又給二舅父取了一房鬼媳一併安葬，了卻了大娘的牽掛。

大娘的一生，勤儉樸實，紡棉織布是她的本行，在共黨侵占家鄉被批鬥掃地出門時，她領著嫂嫂，三弟和我，耕種著一畝半地，加上紡棉織布，以布換棉再紡再織，週而復始，稱作擰賺，只獲微利，貼補家用，加上弟弟割圪針，燒火做飯，勉強維持生活。

好景不常，批鬥會越來越緊，幾乎天天開會，加上附近村莊打死人的消息，不斷傳來，村上的工作隊催的也緊，好像

沒有鬥死人，工作就不夠積極，當時對我們家的意圖是「迫使我嫂嫂和我嫁人，剩下的老小讓他們自生自滅」由於大娘護著我們，遂加上地主帽子、偽縣長（父親曾當過縣長）家屬等罪名，哪能逃脫當時的鬥爭形勢，在我們村訂為鬥爭對象的還有新義的哥哥崇義，時季美（曾是清朝秀才及林縣政府科長）的夫人和馬硯田（民團區隊長）的母親，每天開會輪番批鬥，農會的成員，用麻繩擰成鞭子，對被鬥爭的人劈頭蓋臉的抽打，時季美的夫人受不了折磨，上吊身亡，大娘除被抽打外，還被推下一枯井內，再用大小石頭向下亂砸而斃命，當時我在會場上，嚇的不敢抬頭，淚往心理流，打在大娘的身上，疼在我的心上，哪敢吭一聲啊！

大娘死後，是廉勤嫂用自己的豎櫃換來一具薄棺，裝殮屍體，全密爺在夜間偷偷幫挖找伯父的墓穴加以合葬，親戚鄰居沒人敢和我們往來，嫂嫂、三弟和我哭成一團，叫天天不應，叫地地不靈。

回想大娘死後，本身處於戰亂年代多有坎坷，曾經三次危難，一九三八年春由於李福和（時任太行區軍政抗亂聯防會主委）叛變投日，把父親扣押（時任縣長），且將爺爺、大娘和我留下做為人質，關在東南一宅院內，由李的部下官兵看守，說要帶到水冶交給日本人，在此生死關頭幸賴黃宇宙將軍（是國共雙方同時任命為司令的抗日英雄）策動了震驚中外水冶起義給予解救。

一九三九年初夏，大娘，爺爺和我住在縣城內西營家中，一天日機來回轟炸，炸彈投在北屋屋頂，嚇的我和大娘直往城外跑，爺爺躲在南園的小樓下，我們剛躲到城外麥壟裡，日機又轉回頭上，而且飛的很低，親眼看到炸彈一個個落下爆炸，並加機槍掃射，害怕極了，大娘教我連續唸「菩薩保佑，南海大士，救苦救難」，現在明白這是對佛祖的精神寄託，也是我和大娘第二次死裡逃生。

第三次遇險，大概在一九四五年日本投降前夕，林縣處於日偽、國、共三方面拉鋸式佔領，百姓處於水深火熱之中，白天葫蘆隊下鄉搶糧，國軍摧糧，夜晚八路軍來派糧，有一天家中實在沒有糧食可交，大娘被五花大綁帶走了，後經村長去說情，才放了回來，大娘的胳膊被扭傷，疼的抬不起來，又無醫藥，經過好長時間，才得以自癒。

我和哥哥依鄉下慣例是過繼給大娘的，應當對他老人家盡孝，哥哥外出求學，沒有音信（可能到台灣去），我和三弟不太懂事，只有廉勤嫂通情達理，勤勞持家，遇事冷靜沉著，孝敬大娘，當時他是家中頂樑柱，也是我們的依靠，他對我們家庭的貢獻，我門終身難忘，感激不盡。

註：葫蘆隊是投降日本的偽軍，平時只是拉夫、搶糧不事作戰（一般稱為葫蘆隊）。

u ‰ ! ˘ !   …

6 u Y Q 7   ¹ T k C « 7 fi s R E » X
• # ¢ ` y † T k ß ı   ¢ ` B Z _ t
Z u %   7 ‡ x u   x £ ' q
† > †) w ¡   '   u « z 9 ¥ s †
u   % u ' , S u -   j S u , ˘ -
j ˘ u , S ı -   j ı u £ § ' q   j § '
u   # | − J v #   ` Q #

´ s ¡   % / x M / ˘ H   £
§ ¤ ' B ' l u 9   % q T u 9 £
O @ \   , u '   ‰   u 9 j
H   ƒ < u ' _ ”   u   • % l $ ²
Ł : − , Æ   : s   : ˝ u '
B   ” 6   # % ^ Q   • _ 3 fl ‰   %
£ « , u ' l u   £ ` , u l B h) w
o l j < ! £ ˘ , u ' l u · w
% £ “ `   u ? % ‹   ·
£ l   − | ¢ ‰

% ¨ % ¨ —

+ # · ¿ l • _ S P 9 M

! % Ł x l %)› ¡ §) O @ J ł d <

R ø Y #)› x ø ¡ *

> Ø Y £ ` - b ' fl — ¢

• C X % ¢ — T k — v] > 6 c ' ‡)›

% 1 › % ″ • % w s % ¢ M ı 2 x ›

a ~ " o ß % j

1 / ¢ ` B Z T ° ß t fl # u Z ! u ¢ s R
› % b
2 / $ Ø T k C 7 v # > ' ƒ
R u) ˇ 7 u z « * _ 3 fl ‰ ? d ! O + E 9
/ $ ¢

清明歸家掃墓有感　　06.4　張慕勤

清明掃墓回家鄉　　母親墳前憶滄桑
二十世紀前半葉　　中華貧弱日隣強
首先侵佔東三省　　再到北京逞暴強
遍地橫行燒殺搶　　華北華南同遭殃
幸賴美放原子彈　　才能戰敗其瘋狂
不料中共繼猖獗　　大陸變色分兩方
家父逃忘陝及皖　　不知亡靈落何方
但望忠魂歸故里　　護保子孫永世昌

修紅旗渠有感（圖208-2）　　　　張錦湘

劈開太行山，漳河穿出來，林縣人民多壯志，誓把河山重安排。

這是多麼大的豪言壯語，但誰能知道修渠人的艱辛！

我就是一個從頭至尾一直把渠修到老家窰頭的人，是楊貴領著全縣人及奮戰十年，六十年開始了引漳入林的工程，全縣每個鄉鎮都分得修渠的任務，鄉再把任務分到大隊，大隊按土地接任務，一段一段的接，完了一段再接下一段，領頭大隊共接七八段之多，修渠吃糧食從家裡帶，國家補助半斤，每人一天可吃1.3斤，葉菜也由家帶來，工具自備，鋼鑽、砲錘、砲藥是縣指揮部的，住的是帆布蓬。

六十年正是國家還外債，民不聊生的時期，一天只吃一斤多糧食，幹的是重體力勞動的活，吃不上頓飽飯，做的包工活，啥活都是有定額，抬石頭一天抬幾回，打砲眼一天打幾米，砌石頭一天砌幾方，當天任務當天完成，如果做不完，黑夜加班完成，差不多每天黑夜都要加班，這麼艱苦的工作，叫誰自願去沒人要去，何況報酬是每天是幾分工，年底分紅，如果小隊每工20.4元，那麼每人只分工0.48元，這就是修渠的報酬。往渠上派人也是生產小隊作難的事，叫誰去都不願意，後來就輪流去，當然咱（黑戶）就連輪流的權利都沒有，所以

派人每次都有份，從任村盤以上到任村西坡、姚村鄉姚村至馬家山，合順分南曲陽至石口村，楊木蘭屯至橫水分，達連池村，晉家坡到窯頭，任何段我都參加，也嘗透了人間之艱難，六十七年才修到窯頭村。

渠修成了，但末段水小就根本不夠用，窯頭只能用渠水澆一下旱井，澆地就沒有想頭，為了想澆地，大隊修了兩個小型水庫，想蓄水灌溉，費了好多人力，修的水庫都不管用，放進水三、二天就漏光，最後才出錢打機井，將水抽到渠裡才能澆地。

我在修渠過程中，雖吃了許多苦，但學會了石匠開石頭，做石工，在窯頭走家串戶，幫人家蓋房子，下基礎，學會技術也鍛鍊身體，給以後學瓦工打下基礎，勞苦也有收穫的。

註：作者為本人三弟，因屬黑名單中，做任何工作無選擇餘地。

家鄉小調　少女唱十思　　　　　　牛一峰

一思奴爹娘，爹娘無主張，
女兒婚事不在你心上，怎不趕嫁粧，怎不趕嫁粧。
二思奴公婆，公婆有差錯，
男大女大夫妻當配合，怎不來娶我，怎不來娶我。
三思說媒人，媒人壞良心，
兩家親事全憑你一人，怎不來問問，怎不來問問。
四思奴的郎，南學唸文章，
天天放學路過奴門旁，叫奴掛心腸，叫奴掛心腸。
五思奴的哥，比奴大不多，
去年三月才把親搬過，夫妻真快樂，夫妻真快樂。
六思奴的嫂，和奴一樣高，
懷抱嬰兒常常嘻打笑，越思越心焦，越思越心焦。
七思奴的妹，比奴小兩歲，
經常吵架好像仇敵對，越思越掉淚，越思越掉淚。
八思奴的房，好像一廟堂，
清晨掃地早晚又燒香，好像女和尚，好像女和尚。
九思奴的床，床上掛羅帳，
只見鴛鴦不見奴的郎，越思越悲傷，越思越悲傷。
十思奴的命，奴命真不強，
不如一頭碰死南牆上，一命見閻王，一命見閻王。

註：這篇思春曲在二〇年代相當流行，不像目前可以上網援交以及試婚之
　　流行。

4. 六十年全家福

1. 父

2. 母

3. 妹妹全家福

6. 84年歸鄉同妹、三弟弟為祖父立碑

5. 張嵩二歲

1. 中華民國復聲協會溪頭旅遊(77年)

2. 榮總登山社團晴天隊會師

1. 次子張崑全家福（思齊、平、誠）8106

2. 返老家探親同妹妹及四兄弟夫婦及兒輩們合影（89）

1. 長城居庸關

2. 紅旗渠沿岸建築

1. 旅美聖地雅哥劉麗容教授

2. 華裔泰國人旅美拉馬大學聽力學教授

1. 長白山天池

2. 開封鐵塔　　　　3. 紅旗渠源頭林涉交界絡絲潭池

1.

2. 大霸尖山

1. 溪中滑水

2. 蘇州茶館招牌

3. 雲南麗江木王府自然花杯

1. 王如萍學長

2. 西班牙巴塞隆納街頭

3. 林縣旅台同鄉合影

1. 張嵩攝於深圳錦鏽河山

2. 張嵩於老爺墓旁

國家圖書館出版品預行編目

洪流點滴 / 張斌著 . -- 一版 . -- 臺北市：
　秀威資訊科技 , 2006[民95]
　　面； 公分 . -- (語言文學類 ; PG0117)
　　ISBN 978-986-6909-20-7(平裝)

855　　　　　　　　　　　　　　　　95023320

 語言文學類　PG0117

洪流點滴

作　　　者／張斌
發　行　人／宋政坤
執 行 編 輯／林世玲
圖 文 排 版／黃莉珊
封 面 設 計／林世峰
數 位 轉 譯／徐真玉　沈裕閔
圖 書 銷 售／林怡君
法 律 顧 問／毛國樑　律師
出 版 印 製／秀威資訊科技股份有限公司
　　　　　　台北市內湖區瑞光路583巷25號1樓
　　　　　　電話：02-2657-9211　　傳真：02-2657-9106
　　　　　　E-mail：service@showwe.com.tw
經　銷　商／紅螞蟻圖書有限公司
　　　　　　台北市內湖區舊宗路二段121巷28、32號4樓
　　　　　　電話：02-2795-3656　　傳真：02-2795-4100
　　　　　　http://www.e-redant.com

2006 年 12 月　BOD 一版
2007 年　8 月　BOD 四版
定價：260 元

讀 者 回 函 卡

感謝您購買本書，為提升服務品質，煩請填寫以下問卷，收到您的寶貴意見後，我們會仔細收藏記錄並回贈紀念品，謝謝！

1.您購買的書名：＿＿＿＿＿＿＿＿＿＿＿＿＿＿＿＿＿＿＿＿

2.您從何得知本書的消息？

　　□網路書店　　□部落格　　□資料庫搜尋　　□書訊　　□電子報　　□書店

　　□平面媒體　　□ 朋友推薦　　□網站推薦　□其他＿＿＿＿＿＿

3.您對本書的評價：(請填代號　1.非常滿意 2.滿意 3.尚可 4.再改進)

　　封面設計＿＿＿　版面編排＿＿＿　內容＿＿＿　文/譯筆＿＿＿　價格＿＿＿

4.讀完書後您覺得：

　　□很有收獲　　□有收獲　　□收獲不多　　□沒收獲

5.您會推薦本書給朋友嗎？

　　□會　□不會，為什麼？＿＿＿＿＿＿＿＿＿＿＿＿＿＿＿＿＿＿＿

6.其他寶貴的意見：＿＿＿＿＿＿＿＿＿＿＿＿＿＿＿＿＿＿＿＿＿＿

＿＿＿＿＿＿＿＿＿＿＿＿＿＿＿＿＿＿＿＿＿＿＿＿＿＿＿＿＿＿＿＿

＿＿＿＿＿＿＿＿＿＿＿＿＿＿＿＿＿＿＿＿＿＿＿＿＿＿＿＿＿＿＿＿

＿＿＿＿＿＿＿＿＿＿＿＿＿＿＿＿＿＿＿＿＿＿＿＿＿＿＿＿＿＿＿＿

讀者基本資料

姓名：＿＿＿＿＿＿＿＿＿＿　年齡：＿＿＿＿　性別：□女 □男

聯絡電話：＿＿＿＿＿＿＿＿＿　E-mail：＿＿＿＿＿＿＿＿＿＿＿

地址：＿＿＿＿＿＿＿＿＿＿＿＿＿＿＿＿＿＿＿＿＿＿＿＿＿＿＿

學歷：□高中(含)以下　　□高中　　□專科學校　　□大學

　　　□研究所(含)以上 □其他＿＿＿＿＿＿＿＿

職業：□製造業 □金融業 □資訊業 □軍警 □傳播業 □自由業

　　　□服務業 □公務員 □教職　　□學生 □其他＿＿＿＿＿＿

(請沿線對摺寄回,謝謝!)

秀威與 BOD

BOD（Books On Demand）是數位出版的大趨勢，秀威資訊率先運用 POD 數位印刷設備來生產書籍，並提供作者全程數位出版服務，致使書籍產銷零庫存，知識傳承不絕版，目前已開闢以下書系：

一、BOD 學術著作—專業論述的閱讀延伸
二、BOD 個人著作—分享生命的心路歷程
三、BOD 旅遊著作—個人深度旅遊文學創作
四、BOD 大陸學者—大陸專業學者學術出版
五、POD 獨家經銷—數位產製的代發行書籍

BOD 秀威網路書店：www.showwe.com.tw
政府出版品網路書店：www.govbooks.com.tw

永不絕版的故事‧自己寫‧永不休止的音符‧自己唱